U0053744

根

以讀者爲其根本

莖

用生活來做支撐

葉

引發思考或功用

獲取效益或趣味

走鋼索的人

江文明◎著

你看的到他臉上的表情嗎？
不，因為你離他很遠……
你明白他心裡的不安嗎？
不，因為你終究不是他……
遊走在社會邊緣的黑幫份子，就像走鋼索的人。
一輩子也許就這麼幾次風光！
卻從來都不知道能否安然走完這一趟。
但他清楚的了解，如果這一次掉了下來！
恐怕就再也爬不上去……
甚至，連命都會沒了……

為什麼要混黑社會？！
一位行走江湖多年的大哥，將親身經歷，親筆撰寫成書！
一本極具爭議的黑色小說，真人真事，真實呈現……

向日葵系列

走鋼索的人

作　　者：江文明
出 版 者：葉子出版股份有限公司
發 行 人：宋宏智
企劃主編：林淑雯
企　　劃：洪崇耀
責任編輯：洪崇耀
封面設計：鄭玉佩
插　　畫：吳子平
美術編輯：引線視覺設計有限公司
行銷企劃：汪君瑜
印　　務：許鈞棋
專案行銷：張曜鐘 • 林欣穎 • 吳惠娟
登 記 證：局版北市業字第677號
地　　址：台北市新生南路三段88號7樓之3
電　　話：（02）2363-5748　　傳　真：（02）2366-0313
讀者服務信箱：service@ycrc.com.tw
網　　址：http://www.ycrc.com.tw
郵撥帳號：19735365　　戶　名：葉忠賢
印　　刷：鼎易印刷事業股份有限公司
法律顧問：北辰著作權事務所
初版一刷：2005年2月　　新台幣：220元
ISBN：986-7609-51-4

國家圖書館出版品預行編目資料

走鋼索的人
江文明著作. 初版 臺北市：葉子,
2005[民94]　　面；　公分一(向日葵系列)
ISBN 986-7609-51-4(平裝)

857.7　　94000671

總　經　銷：揚智文化事業股份有限公司
地　　　址：台北市新生南路三段88號5樓之6
電　　　話：（02）23660309
傳　　　真：（02）23660310

Contents

目錄

走鋼索的人

Part 1. 誰沒有年輕過？

Part 2.

英雄主義開始作祟

推薦序

閱讀這本書，勾起了我心中良多的感觸。

在我年紀漸長之後，經歷了人生百態，也嘗遍人情冷暖，深深的了解到，做爲一個成熟的男人，讓他人敬重的「漢子」，再沒有什麼比「講義氣」更重要了。而且，義氣絕對不只是一句漂亮的口號而已，而是要眞的做到銳身赴難、爲兄弟兩肋插刀，才算是扛得起、讓人心服口服的眞義氣。這並不容易做到，但卻是我一生遵奉不渝且足以自豪的人生宗旨。

這本書足以給人諸多的省思、回憶，這個社會或許病了，但絕不能只是單純歸罪於這些年輕人，當政者、教育者，甚至是執法單位，更應該捫心自問是否該負起更多的責任。

共勉之。

竹聯企業　趙爾文

我在十幾歲就開始入社會工作，形形色色各階層的人我都碰到過了！但是我的心念從來沒有因此偏差或走入歧途，相反的，我不斷地堅持自己的理想與目標，終於在二十年後的今天擁有全省最具規模的圖書行銷王國。

本書中的主角阿昌，其實他的心念也從來沒有改變，他所執著嚮往的是武俠小說中的正義之士，爲民除害的俠客，只是，生在現今的社會。原來，很多時候，很多組織，很多朋友，並不是眞正的熱血沸騰、講求義氣、勇敢正直！所以阿昌在年輕的歲月中，命運也隨波逐流！「走鋼索的人」確實是一部發人深省、也充滿寫實的勵志小說，作者深刻的筆觸，將黑社會的題材與青少年成長描寫的非常動人心弦，很容易引起讀者的共鳴：「這不是我國中時曾經有過的回憶嗎？」、「哎呀！這根本是高中時候我的初戀情節嗎！」這麼讓人投入其中的著作，相信不僅爲社會大衆帶來正面的啓發作用，更是你我生命中美麗又難忘的成長日記！

芳林國際行銷(股)公司　董事長

林青旭

走鋼索的人

周星馳的電影「功夫」，在各地都掀起一陣旋風。他的電影之所以廣受社會大衆喜愛，與其電影內容總在社會的最底層、最猥瑣不堪的小人物中，逐漸成爲絕世英雄的情節有關；在這部電影中，藏納許多卑微的小人物，其實卻是身懷絕技的高手，如此「大俠隱於市」的想像，滿足了社會大衆被尊重、被喝采，並且能夠拯救世界的心理需要。

早在戰國時代，齊國的孟嘗君豢養門客達三千多人，這些門客各個衣食無缺、頗爲自得，然而當孟嘗君出使秦國身陷危難，倉促之間能夠解救孟嘗君安全回國的，卻是原本最讓人看不起的「雞鳴狗盜」之徒。從這些人的作爲，可以看出江湖中人「重義」的特質，經常可以讓人在政治現實的虛假與冰冷之外，體會到更可愛且令人動容的眞實。

我與作者江文明先生曾有一段共事的時間，印象中他比其他同仁們多了一股「江湖」的氣質，感覺上似乎百經世故，且由於他是記者出身，洞悉世事的目光及犀利的

筆鋒最令人難忘。在本書中作者將從小體驗的特殊經歷，藉由主人翁的成長歷練慢慢鋪陳而來，一氣呵成，讀來格外引人入勝，是難得在平易中能打動人心的作品，非常值得不論是奮不顧身向上爬的江湖中人，或職場中汲汲營營建立社會地位的現代人細細品嚐。

緯來電視網　副總經理

陳瑞楨

走鋼索的人

無論在哪一個年紀，我們總是有忘卻的記憶，或者不願面對的過去！也許是初戀！也許是聯考！也許是悲歡離合，又也許是童年往事！藉著遺忘來逃避，讓我們繼續在流金歲月中面對武裝的自己！因爲這樣，所以人的心靈越來越脆弱。

「走鋼索的人」讓我看到作者的勇氣，那種面對人生挫折、檢視歲月痕跡的眞誠勇氣！唯有在傷口灑鹽般的領悟，才能笑笑回顧過往的荒唐，當然，也才有燦爛與開朗的未來。本書內容雖然以寫實、動人的青少年成長歷程、黑社會組織爲題材，但是在不知不覺融入故事的同時，更讓大家體會到的是：讓勇敢與正義擁抱社會，也擁抱自己！

資深媒體工作者・現任眞理大學講師

江如君

推薦序 走鋼索的人

「人生如戲，戲如人生！」這句老生常談的俗語，卻活脫脫地在作者的身上發生，且箇中劇情的精采實在不亞於目前台灣當紅的八點檔連續劇「台灣龍捲風」，這本書不但對黑社會懷有「想像空間」的人要看，就連已一腳踏進入黑社會門檻中的兄弟們更要看，因爲這是浪子回頭的眞實人生呈現。

認識江文明時，他還是個「孩子」，卻沒想到其實骨子裡已經歷過很多「大人」的代誌了！跟很多讀者不同的是，大部份的人看書的同時對劇中角色精采的逞兇鬥狠情節而發生連連驚嘆聲，但我卻因主角阿昌爲了女兒「小小」，願意退隱江湖的父女情深畫面，而感動地眼角泛出淚光，誰說流氓都是「沒血沒眼屎」？那怕只有一刻鐘，一句撒嬌的「爸爸」聲可融化多少鐵漢梟雄看似堅固的柔情。

從事新聞工作久了，還是改不了雞婆的個性，二〇〇四年八月曾有媒體導，中國各地黑社會性質組織勢力日益增強，而且組織嚴密、經濟實力強、影響力龐大。根據南京大學學者蔡少卿的估計，目前中國黑社會組織成員至少一百萬人左右……一百萬人呢！眞不是少數，想想台灣呢？應該也爲數不少吧！顯示還有很多青少年朋友們對於「黑社會」還是有迷惘及憧憬，這本書，足夠爲大家「導覽」黑社會部份面向，雖不足以呈現所有黑社會的全貌，不過這一個黑社會的小角落就花了作者二十年的時間才得以換來的體會，一般人千萬不要輕易嚐試，輕者傷身、重則喪命，江湖路可不是這麼容易走的！

資深媒體工作者・現任台灣日報台中縣新聞小組召集人

走鋼索的人

這本書是作者經歷過黑道生活的自傳式小說，主角阿昌是作者自身的投影。和眞實世界的阿昌認識，緣於大學時對音樂的愛好，那時是一九九二年左右，和大多數玩音樂的人一樣，一起組過一個短命的樂團。除了音樂和彼此有不同的文氣這兩個性質以外，生活的基調和方式卻是兩極化的黑夜與白晝。離開校園後，他在複雜的三教九流社會裡闖蕩，而我在至爲平凡的教育圈裡隨著規律的鐘聲平凡度日。

阿昌自小鎮長大，小鎮的樣貌從樸實到繁華，人事物換星移的過程，居住在台北而年紀相仿的人會有似曾相識的熟悉，因爲生長的背景和演變的歷程，是共同的經驗和記憶，其中的氛圍及況味，在現在的台北，已尋嗅不出。那時的年輕人，在保守的時空中，在高於現今年輕一代的群性及原則性的基礎上，大體來說，生活都是自身去摸索並選擇自己的路。那個時候，沒有Window視窗、手機還是像根棒子的黑金鋼手機，掛個BB Call，已經是很流行了。

在那個階段，阿昌選擇了他的黑道生活，也經歷了些是非糾葛的風風雨雨。那時

走鋼索的人

的黑道多多少少還存有倫理的觀念，今日的黑道則不若以往。一般普世價值是不認同黑道，因爲黑道的本質是「暴力」，以「威嚇」爲手段，對於一個愈趨進步和法治的社會來說，黑道的影響力是愈來愈式微的。而且，台灣的黑道，是在萎縮的。

有人說，最了解青少年需要的是黑道，它提供了年輕人出鋒頭和獲取金錢的機會，並滿足其渴望被重視的心理，但事實不然。江湖路實際上是難行的，甚而是不歸路。本書讓對黑道存有想法的人們，提供了不用親身體驗，但能窺探其一二的機會。

曾任某短命樂團的鼓手；長期從事教育工作；現任教於台北市光復國小

闕兆峯

自序 走鋼索的人

我相信，很多人一定都跟我一樣納悶，搞不懂「黑社會」這個玩意兒！究竟是到了現代才變質，還是從古到今都是這麼惡名昭彰？

黑社會不是文明的產物，它在中國可是其來有自的，追溯到最早，春秋戰國的時代，有個叫做墨翟的人（就是提倡兼愛、非攻的那個墨子），就收了一大堆稱爲「墨者」的小弟，自任「鉅子」（就是幫主、老大），帶著這些小弟到處像傭兵一樣跟人家談判、拓堵；還有一個叫做「盜跖」的傢伙，它簡直就是那個時代的賓拉登，擁衆八千人（就是八千個小弟，換算到現在大約是竹聯幫三、四十個堂口），專門嘯聚山林、打家劫舍，勒索「整個國家」，你說八千人算什麼？那時候的超級強國——晉和楚之間的國際大戰，也不過就是三、四萬人駕車殺成一團罷了（車戰就是那個時代的重裝備大戰，類似現代的坦克大決戰），這樣一個恐怖份子，他也能說出像「盜亦有道」這樣的人話（不輸墨翟吧？），更讓人難以想像的是，他就是那個「坐懷不亂」柳下惠的親兄弟。而這些，就是那個時代的黑社會。

走鋼索的人

傳統中國的黑社會大致分兩種：第一種就是專門唱「浪人情歌」的游俠，西漢那個「人在哪就混哪」的郭解是這種人，年輕時好擊劍、尙任俠的李白也是（想不到大名鼎鼎的詩仙，少年時也揮舞著西瓜刀跟人家混流氓），隋末唐初，中國的兩大政團有「關隴集團」跟「山東豪傑」，其中山東豪傑其實就是「瓦崗寨」上的那一票大盜所形成的軍閥集團，這些人的出身也是游俠（秦叔寶例外，他原本是刑事組的組長），甚至金庸大師筆下的郭靖──郭大俠、神雕大俠楊過也是這一掛的，郭靖不是說過「爲國爲民，俠之大者」？他的意思就是說，流氓要混得夠大條，就要出來選民代，最好還是國會議員；另外一種呢？就是「工會組織」或「保全公司」，例如金庸筆下的「丐幫」、倪匡筆下的「炭幫」是前者，「水滸傳」裡面掌握魚市公會的「浪裡白條」張順、各武俠小說裡的XX鏢局是後者。你有沒有在「萬里獨行」田伯光的身上看到陳進興的影子？你有沒有在熟習「五虎斷門刀」的茅十八身上嗅出張錫銘的味道？總的來說，這些活在歷史裡、故事中的黑社會還是滿可愛的。

一直到明末清初，出了個天地會，總舵主就是「爲人不識陳近南，就稱英雄也枉然」的陳永華，他就是那個時代全中國的縱貫線、天道盟的盟主，小弟有十幾萬人；還有像顧亭林、王船山這些「大學教授」，也跟人家搞起錢莊、票號（地下錢莊）以及鏢局（保全公司），專收亡國以後的失意武人做小弟，搞錢莊其實是在吸金——用銀票換老百姓的金銀，一旦動亂來不怕沒現金買刀、買槍，搞鏢局則是要聯絡各地綠林好漢、角頭兄弟，造反的時候就不怕缺人、迷路。搞這些事業，其實都是爲了反清復明、救國救民。

黑社會的成員其實大多是中下階層的勞苦大衆，屬於盲從被動的那一種人，用道義可以籠絡，用小惠足以羈縻，只要會說、敢說，你叫他反清復明他就敢替你把皇帝拉下馬海K一頓，同樣的，你叫他把某某酒店砸了，他也樂於聽命。

所以，在沒有反清復明、抗日救國的今天，黑社會難免要變質，從大上海時代黃金榮、杜月笙他們賣鴉片、搞賭場到今天街頭小混混賣搖頭丸、擁槍自重，黑社會已經失去光明正大的生存目的，變成只能用小忠小義、零頭小惠來維繫，不但完全沒有在社會另一面維持秩序的作用，在「盜亦有道」觀念崩解的今天，反而成了社會的亂源。你想混黑社會嗎？你能不能像郭靖一樣爲了救國身殉襄陽？你能不能學楊過爲了急公好義奔波千里？你又能不能像天地會好漢那樣耐窮、不怕死？你不行，那你就是社會的害蟲，爽爽快快承認自己是個壞蛋吧！什麼忠義、道義、正義你都沾不上邊，你只是一個爲了個人利益無惡不作、讓父母親人蒙羞的傢伙，教你念ㄅ、ㄆ、ㄇ跟１、２、３只是浪費社會資源，老天爺根本就不該給你一雙拳頭去欺負別人。

老實說，在社會秩序逐漸健全、上軌道的今天，黑社會已經沒有什麼生存空間了，盲目投入黑社會的年輕人就更沒有空間了——幾百個小弟才能拱出一個堂主，你可能得在刀光血影中，渡過隨時會沒命的十幾二十年，成爲最後活下來、沒入獄的那一個，才有機會當堂主、老大，然後繼續別著腦袋過日子。生活一定要這麼驚險嗎？同樣的十幾二十年用來好好唸書、上班，在公司裡混到主管級不好嗎？要知道，混流氓也等於在上班，你照樣要被自己的上司（老大）唸，甚至會挨打，從事犯罪事業一樣有業績壓力，而分紅制度又不健全。最重要的，就算是堂主，也不過就是黑社會裡的經理級罷了，混不上去一樣是等退休，而且沒有退休金、沒有勞保，最常見的退休方式是「鋃鐺入獄」或「橫屍街頭」。

當然，黑社會這麼驚險、恐怖，它還是會永續苟延殘喘，因爲我知道，都已經剖析得這麼明白了，還是有一些不聽話的傻瓜，一定要親身闖進去試試看，等到換一身傷才甘願的。

Part 1 誰沒有年輕過

走鋼索的人

從愛哭鬼變成打架王

「想要保護自己，光哭是沒有用的，越哭人家就越愛欺負你，鼓起勇氣拿起拳頭幹一架，不管輸贏，以後都沒人敢小看你！」

「這個夏天，好像特別無聊。」望著書桌前的窗外，阿昌在心裡自言自語。低頭看看嶄新的書桌，心裡不禁泛起一種異樣的感覺。過了這個暑假，阿昌就要成爲一個國中生了，所以家裡給他買了一張全新的書桌，希望阿昌能夠「靠著」這張書桌在未來的歲月裡，勇闖一關又一關的升學窄門……

從小到大，這是第一次放暑假居然沒有暑假作業，放暑假怎麼可以沒有暑假作業呢？以往都是一放暑假就大玩特玩，假期快結束時，就趕暑假作業趕到焦頭爛額——如果沒有後面的焦頭爛額，怎麼能襯托出前面大玩特玩的「甜美」呢？這對早已經習慣了「普通生活」的阿昌來說，的確太不一樣！

走鋼索的人

說起來，阿昌有時也忍不住感嘆自己漫漫十多年的歲月裡，眞的是太「普通」了。爸爸是個很普通的「生意人」。眞的，每次阿昌問說：「爸，你是做什麼的？」老爸總是漫不在乎的說：「做生意的呀！」雖然一年裡面老爸有一半的時間在國外，也常常三更半夜才回家，但這對生意人來說，很正常不是嗎？課本裡不是也提到：「天這麼黑，風這麼大，爸爸捕魚去，爲什麼還不回家？」有些小朋友的爸爸去捕魚不回家，那麼當然也會有些小朋友的爸爸去做生意不回家囉！唯一比較嗅得出不尋常氣味的，是當阿昌走在路上時，很多人都會認得出他是「太郎ㄟ後生」（太郎，讀音是日語的TARO）。不過，爸爸的名字本來就是陳泰龍，會被稱呼「TARO」應該是可以理解的，而且，除了上學，阿昌也不常出門，所以這個問題不大，還可以接受。

爲什麼不常出門呢？這就要歸功於「普通生活」的實際主導者——老媽。專任職務是「家庭主婦」的老媽，由於老公長期在外，所以對家裡三個孩子管教特別嚴格，嚴禁他們到外頭跟外面的「野孩子」玩。大哥由於是長子，敢於挑戰權威，常常趁老媽不注意的時候偷跑出去玩（事實證明大哥是對的，他一輩子都沒有變壞……至少遠不如阿昌的壞，所以在此奉勸各位家長，要讓小朋友多多從事戶外活動，以提早熟悉人情世故）。而姊姊跟阿昌就不敢像大哥那樣，用一頓打換一下午的「野」。姊姊總是乖乖待在家練鋼琴，而阿昌則是默默地看媽媽買給他的「優良讀物」或是畫畫。

由於長期過著十分接近「藝術」的生活，所以阿昌成了一個多愁善感的小孩，只要情緒上稍微有一些波動，就會忍不住想哭。事實上，在國小四年級以前，阿昌甚至連一句粗野的髒話都沒說過，直到四年級以後，由於參加學校的課後輔導練跆拳道，才稍稍活潑一點敢在學校罵一、兩句髒話，享受「犯罪」的快感，回到家之後是萬萬不敢的。暑假過到一半的時候，突然收到國中的通知，居然要參加暑期輔導！「幹」這個字當然是在心裡罵，因爲老媽就在面前，「白白浪費了一個月沒有大玩特玩！」這句話當然還是在心裡嘀咕的。

第一次踏入國中的教室，充滿了陌生和恐懼，雖然學校其實就在自己家對面（

過個天橋就到了），但是感覺卻是那麼的遙遠，因爲班上的同學幾乎都是來自不同的國小，不像以前國小的時候同學幾乎都是「厝邊」。所幸，聽說這只是暑假的臨時編班，開學後還會從新分班，「希望到時候能有多一點認識的分到同一班。」阿昌心裡默默祈禱著。

坐在阿昌隔壁的，是一個叫做阿財的同學。阿財的樣子一看就知道，要不是九年國民義務教育的關係，他根本就懶得來上課。在課堂上，阿財像個過動兒一樣老是坐不住東張西望、動來動去。有時候阿昌忍不住會想：「他是不是屁股癢？所以老是要這樣在椅子上磨來蹭去的……」喜歡東張西望的阿財，當然就會常常被點起來回答問題。其實，老師根本就料定了阿財回答不出來，因爲他根本沒在聽課嘛！老師只是想看他答不出來發窘的樣子，順便罰他站……唉！這樣的教育心態怎麼會成功呢？不過，每次阿昌都會小聲告訴阿財答案，讓老師的「陰謀」無法得逞，而阿財「安然」坐下之後，雖然沒說什麼，但可以感覺得出，他很感激，只是不善於表達。

終於有一次，同樣的狀況發生，長期無法得逞的老師終於耐不住性子，大聲吼道：「陳瑞昌！你很會打電報喔！兩個都給我到教室外面罰站！」從小品學兼優的阿昌別說到教室外面罰站，連在課堂上罰站都從來沒有過！「幫同學有什麼不對？」心裡感到委屈的阿昌，差一點又要掉淚了。不過，到了教室外面一起罰站時，阿財小聲地說：「歹勢啦！給你害到了，以後有什麼事來找我。」阿昌雖然心裡感到疑惑，情緒波動之餘，一時想不出自己有什麼事會需要找他，但遲疑了一下還是應了一聲：「喔！」畢竟這是人家的好意嘛！阿昌又加了一句：「謝啦！」看著阿財不把罰站當一回事的輕鬆樣子，似乎早就已經習以爲常，「眞是個異類！」阿昌心裡想……老實說，一直到今天，阿昌早就已經搞不清楚，那時候自己心裡想的到底是「異類」還是「怪胎」，反正就是那個意思啦！而阿昌的媽到現在也還不知道，自己的寶貝兒子早在還沒正式成爲國中生的時候，就被老師處罰過了，而且早在當時就已埋下了「變壞」的種子。

走鋼索的人

那一年夏天的暑期輔導，在「罰站事件」之後就在無風無浪中渡過了，唯一令阿昌印象深刻的只有兩件事，第一是認識了阿財這個朋友，第二是學會一首叫做「椰子」（coconut）的英文教學歌曲，歌詞的內容就是告訴大家「椰子」怎麼拼，邊唱還要雙手跟著帶動作，其淺顯易懂的程度簡直就跟幼稚園小班的唱遊課不遑多讓。感覺很愚蠢，但是還挺有用的，阿昌終其一生都不會忘記「椰子」這個英文單字怎麼拼了。

終於是開學的日子了，阿昌正式成為一個國中生，很幸運的，班上有十幾個同學是同一個國小的，本來就互相認識，至少沒有暑期輔導時那麼寂寞無助。不過，很倒楣的是，為了響應教育部的「德政」，這是第一年國一新生採取常態分班。班上的同學龍蛇雜處，壞的有那種壞透頂的，壞到以後畢業沒多久就被抓去關的；而好學生像阿昌這種的，就成了待宰的羔羊，得要把皮繃得緊緊的過日子。當時的班導師是個剛從師大畢業來實習的傢伙，只想趕快實習結束然後念研究所，下課後則忙著離開學校去談戀愛。說穿了，他是一個比好學生還要怕壞學生的老師，不但不是個「仲裁公道」的力量，反而還助長了壞學生的氣焰，剛開始好學生被欺負還會報告老師，沒想到老師每次都反過來「告誡」好學生：「同學之間要合群，要互相『幫助』！」到底要幫助什麼？交保護費？便當給他吃？考試幫他作弊嗎？回想起來，阿昌眞的覺得「常態分班」根本是一個愚蠢的制度，爲什麼一定要把「猛獸區」跟「可愛動物區」圈在一起呢？這樣做的結果，導致許多好學生，意志不堅定的乾脆跟著變壞，意志更薄弱的只好自殺。僥倖能夠忍辱偷生的，以後人格也不會健全到哪裡。

班上有一個大家都叫他「貓仔杰」的同學（忘了叫什麼杰，但是長得一副猥猥瑣瑣的貓樣，因此而得名），特別喜歡欺負阿昌，因爲阿昌很愛哭，越受欺負就越愛哭，大概貓仔杰就是喜歡看到被欺負的人哭吧，可能特別有快感（日後的阿昌竟然也有此同感）。有一天下課，在走廊上，貓仔杰又來找阿昌的麻煩，又把他給弄哭了，就在阿昌淚眼迷濛的同時，身旁突然傳來一陣威嚴的呼喝：「幹！你哩衝啥小！」很熟悉的聲音……原來是隔了三個班級的阿財遠遠看見了跑過來衝口罵了出來。貓仔杰剎那間愣了一下，轉頭看著阿財殺氣騰騰的眼神，自忖「漢操」不夠好，沒有跟阿財「釘孤支」的實力，只好摸摸鼻子悻悻然地低頭走開了。

「媽的，我又跟你不同班，不可能隨時罩著你呀！你得學會保護自己啦！」阿財對阿昌說。接著，阿財說出了一段震古鑠今的至理名言：「想要保護自己，光哭是沒有用的，越哭人家就越愛欺負你，鼓起勇氣拿起拳頭幹一架，不管輸贏，以後都沒人敢小看你！」擦擦眼淚，阿昌從此就把這番話深深地烙印在心頭。

記不清楚是哪一天的下午，午休過後，才剛睡醒，阿昌走到教室外面懶洋洋地趴在走廊的欄杆上，冷不防「啪」的一聲頭殼被巴了重重的一下，眼冒金星之餘回頭一看，又是那隻卑鄙只敢欺負弱小的惡貓，看著他「邪惡」的笑容，阿昌鼻頭一酸，眼淚又在眼眶裡打滾了，就在此刻，阿財的那番話驀然在耳畔響起，也不知道哪裡來的勇氣，自己還搞不太清楚狀況的時候，「砰！」的一拳已經卯在貓仔杰的頭殼上面，有點痛，因爲頭殼本來就比「拳頭母」要硬得多。就在貓仔杰嚇呆了，還來不及反應的同時，阿昌突然想起來，自己是練過跆拳道的，跟著就把面前的小貓當成練拳用的沙包「乒拎砰隆……」海K了一頓。結果，哭的人變成貓仔杰了，他根本沒勇氣也沒能力還個一招半式。看著貓仔杰，阿昌覺得可嘆又可笑，日後回憶起來，他對這個佔有生命轉捩點的角色評價是：「像這種人，要他升學是絕對做不到的，畢業後頂多是到機車行當學徒或是到工廠當工人，就算混黑道，最多也只會是個偷雞摸狗的扒手或慣竊，連去妓院當三七仔都不夠格。」

剎那間，阿昌對人生有了新的領悟：「原來我是很能打的！」就從那一天下午開始，阿昌變成一個不再講道理的人。因為，他告訴自己：「道理不是用講的，是用拳頭打出來的。」（小朋友千萬不可以模仿，因為……哥哥眞的是有練過的）打架，幾乎就成了阿昌面對不同意見時，唯一相同的做法，而他也好像眞的打上了癮。升上了國二，學校瞞著教育部開始分班，阿昌雖然愛打架，但是天生頭腦好（智力測驗時，還是當時全年級第四名），有老媽看著也不敢太荒廢課業，所以僥倖地也擠進了以升學主義掛帥的前段班。這時候的他，已經名列前段班最敢打架、最能打架的「四大天王」之首了……

黑語錄

漢　操——台語，就是指體格、健壯的程度。

釘孤支——台語，兩人單挑對打，一決雌雄。

要混，就要混眞的……

當好孩子變壞的時候，會壞得特別徹底，壞到連壞孩子都跟不上，因為，沒有「壞」得很習慣的他，根本不知道什麼時候應該踩煞車。

對著廁所洗手台的鏡子，阿昌整理著自己零亂的制服。而在廁所的另一個角落，則蜷縮著被揍得鼻青臉腫的同學，一邊還在啜泣著：「嗚……嗚……我要報告老師！」看著這個無力反抗的可憐蟲，心裡想著：「剛才不是還很囂張嗎？揍你一頓就變這副狗樣？！」

上一節課是英文隨堂考，考完的時候老師要同學左右交換考卷互改，坐在阿昌左邊的是一個平常一板一眼的好學生，叫做高貿復，因爲諧音的關係，同學們平常都用台語叫他「狗肉脯」。本來嘛！同學們互改考卷就是互相「照顧」分數的好機會，偏偏這個狗肉脯就是一板一眼、嘰嘰歪歪地不肯放水，「害」阿昌只考了四十幾分，被老師賞了好幾個板子。不管他是膽小怕事不敢放水，還是天生正氣凜然都好，反正阿昌打定主意，手上挨的這幾板子就是要從狗肉脯身上討回來，尤其是阿昌挨完老師板子回座位時，狗肉脯幸災樂禍的眼神，更是讓他不爽。平常沒理由都要抓個人打一打的阿昌，這時候怎麼可能忍得住手癢（喔……不！是手痛，因爲剛被老師打過）。

那一節下課，狗肉脯居然笨笨地跑去上廁所，渾然不知道一股濃烈的「殺氣」已經尾隨在身後，逐步逼近……才剛踏進廁所的門，還沒來得及靠近小便斗，狗肉脯就被突如其來的一腳踹在屁股上，整個人踉踉蹌蹌地「噴」到廁所最裡面，撞到牆壁才停下來，一副不知所措的樣子，有沒有「滲尿」就不知道了。只聽阿昌惡狠狠地問道：「啊剛才改考卷叫你『照顧』一下，你是聽不懂喔？恁爸的話你是沒在信喔？」

雖然狗肉脯的眼眶老早嚇得噙滿淚水，但還是嘴硬地說：「考試本來就要公平，你自己考不好，憑什麼叫人家照顧？」（馬的！這傢伙以後還滿適合去調查局上班的咧！）阿昌一邊點點頭，一邊像是自言自語地說：「啊赫啊！你不知道同學互相要照顧，恁爸今天就教教你，好好地給你『照顧照顧』……」說完，兜頭就是一記重捶卯在狗肉脯的腦袋上，趁他低頭就是一記「霸王膝」撞頂他的鼻樑，然後再猛踹他的小腹，接著就是沒頭沒腦地亂揍一通了……

看著幾乎無法站起來的狗肉脯，蹲在牆腳嗚咽的模樣，阿昌有點不耐煩地說：「幹！哭啥小啦？誰叫你自己不敢『含扣』？你可以去叫老師幫你出頭呀！反正老師怎樣懲罰我，我都會在你身上找回來。」看著看著，忽然間，阿昌心裡有一種奇怪的感覺，他彷彿從狗肉脯的身上，看到了一年多前的另一個愛哭鬼……這一次，扁完人之後阿昌感到特別地興奮，他覺得自己到今天才完完全全地擺脫了「愛哭鬼」的枷鎖，自己真的是「脫胎換骨」了。

一整天，阿昌都在一種極度興奮的快感中渡過，尤其一轉頭就看得到鼻青臉腫的狗肉脯委屈而無助的樣子（其實老師應該也看到了，只是狗肉脯不敢報告老師，老師也樂得輕鬆裝沒看見），「天不怕地不怕！我絕對有資格天不怕地不怕！」阿昌心裡

走鋼索的人

反覆著告訴自己，簡直暗爽到快要得內傷了！

中午吃飽飯（吃的是倒楣狗肉脯的便當），阿昌走到教室前「憑欄遠眺」，突然，一幅絕美的影像吸引住他的目光——在對面女生班教室的前方，正有兩個女同學在打羽毛球，其中一個身材高挑、長髮及肩，面龐……是一種有點「野」的美，亂正一把的！從她的髮型和制服的式樣看來，她應該是女生後段班的。看著看著，阿昌竟然看得出神、看得痴了！這一種感覺對阿昌來說是一種震撼，生平頭一次對一個活生生的「女人」動心（當然以前會對海報上的中森明菜、松田聖子等「女人」動心），這大概就是書上說的所謂「情竇初開」吧！「她叫做謝文萍！」身後突然傳來一個陌生的聲音，阿昌嚇了一跳回頭看看，原來是隔壁班的包打聽「水果台」——好像叫什麼什麼瑞國的。前段班就是有一些不愛唸書又不敢打架的學生，老喜歡跟後段班的攪和在一起，藉以尋求靠山，「鞍前馬後」伺候大哥，順道獲取一些後段班的「道上秘辛」，好回前段班作威作福炫耀的「包打聽」。不過這種人在後段班學生的眼裡地位很低，因爲他們根本不算「混」的角色，所以動輒遭戲謔謾罵，有的還要想辦法交保護費——這就是想在前段班作威作福的代價。例如像水果台之所以被取了「水果台」這個綽號，其實是一種汙辱的意義，因爲「水果台」就是給大家「巴」好玩的。

「你在說哪一個？」心事被一語道破，阿昌有種被「看光光」的羞恥感，只好藉「裝傻」企圖掩飾。「麥擱假啊啦！我當然知道你看到快流口水的是哪一個，難道還會是跟她打球的那一隻怪獸嗎？」水果台得意洋洋地說。的確，這種專門伺候老大、喜歡被「摸頭」的人，察言觀色本來就是他們的強項。「不過，勸你不用『肖想』把她了，因爲她早就被後段班的老大黑松『訂』了。」水果台故作無奈狀地搖搖頭說。

「幹！黑松是誰？他媽的X咧！拳頭有我硬嗎？」阿昌一邊還是盯著謝文萍一邊不服氣地說。

「挖靠！原來你除了會打架什麼都不知道喔！」水果台故意睜大眼睛用很誇張的語氣說，因爲又到了他臭彈後段班「道上經」（不是老子寫的那一本，基本上對大多數的學生來說，道上經的地位遠在道德經之上）的時候了。原來，在阿昌居住的小鎮上，當然不能免俗地有著大大小小的角頭，而其中有兩股實力特別雄厚的勢力——「廟埕口」跟「工業區」，隱然就是鎮上黑社會的兩大龍頭。

其中，廟埕口指的是鎮上的精神指標——百年大廟附近的地區，緊鄰著的就是鎮上的經濟重心夜市大街，可謂油水充足，而且，有廟的地方就一定會有類似「八家將」等的廟會陣頭組織，一些遊手好閒、惹事生非之輩，就會因此結成一股勢力，再加上其中的成員都是幾代以來根深蒂固居住此地的「在地人」，地方上有頭有臉的民代或什麼什麼會長，率多出自於此，派出所管區對他們的所作所爲，自然是睜隻眼閉隻眼，任由他們氣焰囂張、橫行鄉里。

至於工業區這個角頭的形成就恰恰相反，由於工業和建築業的興起，小鎮的郊區開始有大大小小的工廠林立，引來了許多中南部遠道來此異鄉「打拚」的工人，其中也有些是在故鄉存身不住，上北部碰碰運氣的鄉下流氓。他們紛紛在郊區興建的新社區落地生根。由於郊區處於三不管地帶，所以漸漸有了大小不等的賭場或是滿足工人們生理需求的妓女戶、應召站或茶室等特種營業。來到異鄉的外地人，多少都會在初期受到本地人的白眼或剝削，因此變得異常團結，再加上其中不乏血氣方剛的年輕工人，自然也結成了另一股不容忽視的勢力，而且，落地生根幾年之後，工人的團結也促使當中選出了幾個鎮代、縣議員之類的民代，更是讓工業區的勢力急速膨脹而足以和廟埕口分庭抗禮。

一般來說，廟埕口角頭成員的優勢是家中富有而人數眾多，至於工業區則是團結一心兼愍不畏死，雙方的勢力長期以來暗如水火、明裡相安，免不了會有較勁之舉，但又大致保持均衡而互相時有小幅度的消長。至於鎮上其他的小角頭或小股勢力，則只能見風轉舵，在勢力消長之際選邊站好，或是啃食權勢利益大餅的邊兒。到了現在，廟埕口這邊的頭頭——也就是可以發號施令的掌權人物，就是身兼夜市攤商公會（保護費分配中心）會長和鎮民代表會主席的李董，以及他的親姪子，才二十來歲的狠腳色「闊嘴龍ㄟ」；而工業區這邊呢？白道方面是以縣議員蘇董（還是家長會長呢！）說了算，黑道方面則是由經營範圍橫跨茶室、「黑粒仔場」、查某間的「南都雄」在掌控調度（聽說他開的第一家茶室叫「南都夜曲」，因而得此綽號）。

巧合的是，闊嘴龍的親弟弟「文鴻ㄟ」和南都雄的小兒子黑松居然都和阿昌同屆同校，結果後段班的勢力生態竟然也戲劇性地成了整個小鎮的縮影。由於阿昌本身來自一個「很普通」的家庭，家中既不算本地人又住在很純粹的住宅社區，所以這些事情他連聽都沒聽過。「所以……」水果台擦擦嘴邊的口水繼續說：「後段班至少有一半的人是黑松的小弟，多的是硬角色跟你幹架，他還需要親自跟你釘孤支、比拳頭硬嗎？像他們那種人，是混眞的，畢業之後就是眞正的流氓，殺人放火都不怕，像你這種混玩的，還是少惹他們爲妙。」

這個時候，午休的鐘聲響起，午睡時間到了，謝文萍和她的怪獸同伴收起了羽球拍回教室去了，阿昌只好依依不捨地把目光從她身上收回。回身走回教室之前，阿昌還不忘狠狠地在水果台頭殼上卯了一記，爲什麼？阿昌打人還需要理由喔？大概是因爲他講的話不中聽、讓人不爽吧！趴在教室的課桌上，紛亂的思緒讓阿昌輾轉難眠（平常他都會直接睡到下午第一節上課，只有老師敢叫醒他），到最後，阿昌索性坐直了身子，抬頭仰望著教室天花板胡思亂想，一下想著剛剛那個令他難忘的美麗身影，一下又思考到混眞的跟混玩的之間微妙的關係。眞的因爲有老大「訂」了就不能把嗎？黑社會有什麼了不起？老子也來去混眞的，總有一天比你大尾！「對！就是這樣！」阿昌下定決心，他也要混眞的！

整個後段班，阿昌大概只認識阿財一個人，可是阿財現在分到哪一班他根本不知道，而且後段班的勢力分佈對他來說也是超級陌生，連阿財是哪一掛的還是自成一掛的都不知道。

下課鐘一響，阿昌飛也似地衝到樓下後段班的區域（前段班在樓上，後段班在樓下，因爲學校認爲後段班常打架，會有「墜樓」的危險），他整齊的制服和守規矩的髮型看在後段班學生的眼裡像是異類，他有點緊張，很想回頭就跑，可是……應該說是謝文萍那美麗的身影給了他勇氣繼續往前走吧！阿昌鼓起勇氣隨便找了個吊兒郎當的學生問：「你知道劉運財是幾班的嗎？」那個學生側頭想了想：「劉運財？喔……殺手財喔！」回頭就朝身邊的教室裡面大喊：「財哥！外面有一個好學（ㄒㄧㄠˊ）生要找你喔！」只聽教室裡面傳來一陣好久沒聽過的熟悉聲音：「幹XX咧！誰啦？恁爸在忙啦！叫他自己進來啦！」

走到教室裡頭，天哪！這眞的是一間「教室」嗎？簡直就像是戰亂過後的修羅場，至少有一半的桌椅是缺腳斷腿的，很明顯是被拆去打架用的，牆腳還放了一些鐵條鋁棒，挖靠！後段班的老師都是瞎子嗎？其實，每一個在後段班教書的老師都是戰戰兢兢的，每一節上課有過半數的學生坐在教室裡就算是了不起的成就了（雖然裡面有一部分在睡，一部分是別班來串門子的，其他還有玩牌聽音樂的，眞正聽課的根本是鳳毛麟角），這些老師只求鐵條鋁棒不要招呼到自己身上就萬幸阿彌陀佛了，還取締咧？別鬧了！

只見阿財蹲坐在教室角落的椅子上跟人家玩撲克牌，旁邊還站了幾個插花的像是他的小弟（因爲會幫他點煙）。阿財抬眼看到是阿昌，笑了笑說：「好學生，怎麼有空下來找我？聽說你現在在樓上很『慶』喔！」說完又把眼光收回撲克牌上。阿昌說：「沒有啦……有些事想找你幫忙。」一聽說阿昌有事需要幫忙，阿財很阿沙力地把牌往桌上一丟說：「不玩了！」然後跟阿昌一起走出教室。「按怎？有人找你麻煩嗎？幾班的？前段班應該沒人敢動你的呀？你沒說認識我嗎？」熱心的阿財連珠砲也似地問了一大串，讓阿昌根本插不進話，只好等他換氣的時候才說：「我……我……我是想來跟你學做流氓啦！我也想出來混，啊想說要跟老大就跟你囉！」

「有沒有搞錯？你怎麼雄雄想不開？」阿財感到非常驚訝，甚至懷疑自己聽錯。

「也不是想不開啦！只是覺得光是打打架不夠刺激，想玩點更刺激的。」阿昌不好意思說自己眞正想玩的是「談戀愛」。

走鋼索的人

「也對啦！你在前段班那麼招搖，在後段班找找靠山也是應該的，以後有什麼麻煩來找我就對了。」阿財說。

「不是！我不是要找靠山，我是要做流氓，混眞的！」阿昌斬釘截鐵地說，最後三個字還特別加重語氣。

「好啦好啦！混蒸的混煮的隨便你，我們是唸書唸不來，潦下去混，第一次遇到你這種能唸不好好唸要做流氓的，你也不要說跟我啦！你在前段班名聲那麼透，我給你介紹我老大啦！」阿財有點好笑又無奈地說。

「你老大？是誰？文鴻ㄟ嗎？」阿昌有點緊張地問。「幹！文鴻是什麼東西？跟他有什麼前途？」提起文鴻，阿財就一臉不爽，他接著說：「我們老大黑松才是學校眞正帶頭的，連三年級的都要聽他的。」阿財一副自豪的樣子。

簡直是晴天霹靂！阿昌心想：「馬的！手氣這麼差！二選一的押寶都會押錯。」

「走啦！跟我去找黑松！」阿財的熱心症候群又犯了。走……只好硬著頭皮跟著走囉！平常最討厭的上課鐘這時候竟然該響不響。

來到阿財隔壁班的教室，阿財對著一個高大而黝黑的同學說：「大ㄟ，這個是樓上的阿昌，跟我鬥陣ㄟ！」

黑松本名叫何玉松，看來他的綽號除了跟本名諧音外，那一身黑皮膚還眞不愧這個綽號，他說：「喔……你就是阿昌喔！剛剛水果台有來跟我說被你打，要我替他討回來，我本來放學要堵你的，既然是自己人就算了，幹！水果台只不過是個傳令仔，打了就打了吧！」

看著黑松，阿昌不知道該說些什麼，他忍不住問：「聽說你想把謝文萍？啊我也想把怎麼辦？」愛情的力量眞的夠偉大，阿昌這時候是眞的有點兒置生死於度外的。

黑松愣了一下，反而有點不好意思地說：「謝文萍？我是認識她啦，也想過要把她，不過她不鳥我，那女的很臭屁喔！幹！她又不是全校最正點的，我現在的馬子又不輸她。」

阿財也說：「阿昌你想把她喔？勸你不要枉費了，聽說她們家很有錢，是住別墅區的，常常出國去玩。鎮上的男生她應該一個都看不上。」說完旁邊很多同學也跟著附和。不管怎樣，從這一節上課鐘聲響起了，阿昌算是眞正踏入了黑社會，他的生命又再一次狠狠地轉了個彎。

從此以後，阿昌更沒有心思上課了，學會偷抽煙、向同學勒索保護費（以前頂多勒索便當而已），放學後就跟黑松、阿財他們混在一起，打架鬧事的範圍從校內拉到校外，撞球場、電動玩具間，甚至是「市內」（指台北市區）的舞廳。而且，由於從小不服輸的性格，阿昌爲了在同儕間贏得尊重，打架特別敢衝，特別「粗殘」……常常隨手抓起椅子、棍棒、煙灰缸就把對方砸得頭破血流。有時候，阿昌的殘忍和衝動連阿財等後段班學生看了都瞠目結舌，大概是一種面子心態作祟吧！當好孩子變壞的時候，會壞得特別徹底，壞到連壞孩子都跟不上，因爲，沒有「壞」得很習慣的他，根本不知道什麼時候應該踩煞車。

奇怪的是，校園就那麼一點大，阿昌卻再也沒有看過謝文萍的倩影，不管他怎麼樣在心裡吶喊：「再怎麼困難，我也一定要試過才甘願，只要再讓我遇到她，我一定要想辦法接近她、認識她。」可是，老天爺眞的很愛開玩笑，就連有一次放學阿昌在校門口等了一個多小時，都硬是沒有碰到她。

事實上，這輩子阿昌只有三次的緣分看到謝文萍，第一次是她打羽毛球那一次。第二次「看到」她，是翻畢業紀念冊翻到的，當時心中的激情早已經沉澱許久。

第三次，已經是十多年以後的事了，當時阿昌開車經過鶯歌某條郊區的外環道路，身上正好沒煙抽了，看著路旁一整排的檳榔攤，隨性地挑了一攤「阿萍檳榔」靠了過去。隔著車窗抬頭一看，檳榔攤的老闆娘赫然就是令他國二那年魂牽夢縈的謝文萍，雖然身材略顯發福，臉龐像是飽經風霜而有些浮腫，但國中時的甜美模樣卻仍依稀可見。「似乎，她的生命也轉了個彎，不知道是什麼乖舛的命運改變了她？」阿昌心想。謝文萍看到阿昌，只當作是一般過路客人，當然不會有什麼特別的感覺，只是在找錢時說了聲「謝謝」（這一生唯一一次聽到她的聲音），阿昌卻有很多話想說：「妳知道嗎？我是……我為了妳……』可又不知道該從何說起，只是禮貌性點個頭，悵惘地關上車窗離開。又一次經過那條路時，阿昌發現那裡正在進行道路拓寬工程，路邊的檳榔攤全部都拆了個精光，完全不留痕跡，而謝文萍呢？就像國二那年一樣……不見了！

說起來還眞讓人覺得可笑，竟然有一個傻子，加入黑社會不為名不為利，只是為了一個根本從來不認識他的女孩。

黑語錄

恁　爸——台語，你老子的意思。

含　扣——台語，還手或是轉圜的意思。

肖　想——台語，癡人說夢、癡心妄想。

黑粒仔場——台語，賭天九牌的場子。

慶——台語，臭屁、很屌、很了不起。

粗殘——台語，凶狠殘忍。

犯了「江湖大忌」

無奈，阿昌是一個半路出家的角色，什麼規矩都只有瞭半套……

「從前段班降到後段班？怎麼會這樣？」阿昌的母親緊張而絕望地質問著阿昌。國二結束升上國三，早就和課本Say Good-Bye很久的阿昌，當然無法通過學校為選取國三升學班所舉行的「競試」，被刷下來分到後段班本來就是他意料中的事。所以，面對母親幾近歇斯底里的質問，他也只是聳聳肩，若無其事地說：「後段班就後段班，唸後段班會死喔？反正我的好哥兒們也都在後段班。」

面對兒子的頂嘴，母親真的不知道該怎麼辦，過去老爸由於工作繁忙，在家的時間少得可憐，管教孩子的工作一向是母親一肩扛起，她也很自豪大兒子已經在東吳大學唸書，女兒雖然成績不算頂好，但至少也唸的是公立高職，將來也很有機會進入大專院校就讀。前面兩個孩子都是聽話的好孩子，怎麼到了這個老么就變得特別讓人頭

疼呢？

過了幾天，老爸回國了，老媽第一時間就是趕緊告訴他：「孩子他爸，你兒子被分到後段班了啦！啊這樣子要怎麼考高中？啊以後不就『撿角』了嗎？這個兒子我管不動了，你做爸爸的自己好好管管他吧！」

老爸二話不說，立刻把阿昌叫到面前來，跟著就是狠狠地K了一頓，邊揍還邊罵：「做流氓？恁爸辛辛苦苦四處走闖是要養一個流氓仔嗎？做那種不入流的流氓有什麼『出拓』？」從小到大，老爸幾乎是不打小孩的，不過他會「出手」一定就是因爲小孩子太皮了，媽媽管不動，眞的打起來都毫不留情，因此他一直以來在家裡都是「威嚴」的代表。也因此，雖然老爸的話阿昌其實一句都聽不進去，但也只能乖乖地挨揍，連頂嘴都不敢。

揍完了阿昌，老爸稍微平靜了一下之後，回頭對老媽說：「好家在現在還是暑假，雖然已經分班了，但是還沒註冊就還有希望，明天我去找一些關係講看看，看能不能把他再弄回去前段班。」

由於做生意交遊廣闊，老爸在地方上或是縣政府裡還有一些「有夠力俱樂部」的朋友，爲了自己的寶貝兒子，他也只好不辭勞苦四處奔波，央人請託、說項，總算硬是把阿昌「塞」回前段班了。

開學前一天的一大早，老爸又要出國了，臨行前他把阿昌從被窩裡挖了起來，狠狠地又訓了一頓：「明天要去上課了，恁爸用盡關係才又把你弄回前段班，給我好好唸書，如果又在學校跟什麼有的沒的五四三，等我回國你就知道！」罵完之後頓了一下，還是不忘囑咐：「國三了，好好唸書考個好高中，將來才有『出拓』！」

就這樣，阿昌就像是隻籠中鳥般又繼續在前段班「求學」。還記得開學第一天，當導師「阿順伯」踏進教室，看到阿昌這個出了名的煞星編到自己班時，那種無可奈何的表情，阿昌一輩子都忘不了，他心想：「唉……你跟我一樣，都是被我老爸『害』到的啦！」

中午吃飯時間，阿順伯把阿昌叫到辦公室去，苦口婆心地說：「老師知道呢，你是身在前段班、心在後段班，這一點老師管不住也不想管，不過老師跟你約法三章，不要去影響班上其他眞的要唸書的同學，而且我最忌諱班上的同學叫別班的打自己班的，這一點你要記住。當然，如果有別班的要欺負你，你也可以來找老師，畢竟我是你的導師。」這些話老實說根本是廢話，阿昌不去欺負別人就很好了，眞的有人欺到頭上來了，恐怕老師也頂不住，導師可能有變成「倒屍」的危險。其實，阿順伯這個老師還算不錯，是出了名的好好先生，不像前段班其他導師，因爲升學主義掛帥的關係都變得很市儈，只注意學生成績好壞，其他什麼都不管，成績好的捧在手掌心，成績不好的就是豬狗不如。

既然老師那麼開誠佈公，說不得阿昌也得給他一些面子，而且老爸的「餘威」猶存，再加上升了國三以後，學校對前後段班的管理完全是兩極化，後段班的學生反正畢業後很多就是黑社會的新生代，所以完全放任不管（管不動也不敢管），聽由他們自生自滅：而對於前段班，由於這些升學班的學生可是升學率的直接反映，攸關校長等一班官僚的面子，所以管理特別嚴格，每天放學後還要多留校一堂課——「課後輔導」，由導師親自坐鎮課堂中盯著同學們自習（據說這種做法除了強迫同學們唸書之外，最重要的還是爲了錯開前後段班的放學時間）。因爲管理兩極化，常常後段班的黑松、阿財他們遲到早退才來學校兩、三節課就翹出去Happy了，阿昌卻還在學校裡面無言望青天。看起來日子好像是風平浪靜，但是人生就是這麼奧妙，你不找麻煩，可麻煩偏偏就會來找上你……

跟阿昌同班的有一個傢伙，因爲叫什麼什麼皓，人又長得高高胖胖傻大個兒的模樣，所以大家都叫他「耗呆ㄟ」。這個耗呆在前段班也是打架出了名，是「四大天王」排名第二的人物，而且由於他家是在夜市大街開文具店的，所以跟廟埕口的人過從甚密。說起來，以耗呆的漢操如果眞的和阿昌幹一架，未必就會輸，只是他打架的次數、兇殘的程度都不如阿昌，在「豐功偉業」相形見黜的情況下，在同學之間的「口碑」當中，就成了第二。

以前沒有同班的時候還好，因爲耗呆至少是自己班上的第一，在班上大可頤指氣使。分到和阿昌同班之後情況就不一樣了（說起來，校方好像是吃定了老好人阿順伯，因爲四大天王都分到他帶的班上），每當他想要欺負別人的時候，總是忍不住要看一下阿昌的臉色，「第二」對他來說彷彿是一種痛苦、一種原罪。人性眞的是很奧妙，排名第三、第四的反正離第一還遠著，反而可以安之若素，但是排名第二的，由於第一的「寶座」是那樣地可望而不可及，所以總是會有一種芒刺在背的怪異感覺，彷彿大家都會因此而看不起他、在背後恥笑他，再加上阿昌這個人本來就不愛跟同班同學打交道，對誰都冷冷的，這讓耗呆更覺得阿昌是最看不起他的人。

終於有一天，耗呆的「被笑妄想症」病發了，他忍不住走到阿昌身邊說：「喂！陳瑞昌，當『四大天王』第一名很爽喔？你好像一直都很看不起我這個第二的喔？」

他那一聲「喂」，讓阿昌聽了心頭無名火起，阿昌故意懶洋洋地說：「是不會看不起啦！只是我倒是沒把『四大天王』這種東西看在眼裡啦！」的確，自從開始「混眞的」以後，阿昌早就已經忘了什麼打架四大天王這回事兒，流氓是一種群體行動的動物，像狼一樣，「釘孤支」這種傻事根本不屑爲之，即使勇猛如虎，面對四面八方如潮水般湧來的狼群，也只好落荒而逃，更何況，誰能保證自己隨時隨地勇猛如虎？

阿昌的話讓醉心於四大天王虛名的耗呆更不是滋味，他當下正式撂下挑戰書：「幹！有種來『釘』一次啦！我就不信我釘不贏你！」

「幹！你還眞的是耗呆耶！」阿昌不耐煩地說：「有『才調』就來比看誰比較大尾啦！誰還在那裡跟你玩打架遊戲呀？恁爸又不是『孝飽太閒』，你乾脆約去操場玩騎馬打仗好了。」

同樣遇到挑戰被拒絕的情況，如果是阿昌自己的話，他一定是當場一記重捶卯下去，逼對方出手決個勝負。但是耗呆卻另有一種阿Q式的想法，他認爲阿昌拒絕了他的挑戰就是「棄權退場」，他當場向自己宣布已經獲得「無條件精神式勝利」。從

此以後，耗呆逢人就說：「什麼第一名？恁爸給他『招』釘孤支他都不敢，昌？有多衝？恁爸沒在信啦！」（昌與衝台語同音）

大約一個禮拜之後，阿昌才風聲到自己「戰敗」的傳言，不禁覺得又好氣又好笑：「幹XX！你這隻大顆呆，恁爸就好好招待你一次打架全餐。」

就在那個禮拜六早上，阿昌跑到阿財他們班上，結果阿財「病假」沒來，阿昌就聯絡了一些阿貓阿狗之類的嘍囉輩十幾個，預備放學後在校門口好好「迎接」耗呆（禮拜六前後段班倒是同時放學的）。

第四節下課，阿昌搶先一步到了校門口跟嘍囉們會合，隨即看見耗呆大搖大擺地走出來，不用說，他一定馬上被包圍住，跟著被帶到了學校旁邊的小巷子裡。一開始耗呆就選擇了低姿態求饒：「歹勢啦！算我大嘴巴亂講話，跟你昌哥說聲對不起，放我一馬，好不好？」

「阿你不是很能打？怎麼現在像隻龜兒子？」阿昌根本不理會耗呆的求饒，因爲

走鋼索的人

他知道這種卑鄙的人一旦脫卻包圍，肯定又是另外一副嘴臉，說不定又會有他力戰群雄脫圍的傳言出現。此時身旁的嘍囉們也開始吶喊鼓譟：「幹！給他好看啦！不給他一頓粗飽的，他沒在信道啦！」

「幹XX咧！」撿起路旁的磚頭，阿昌兜頭就給了耗呆一記，登時鮮血長流，跟著十幾個人一擁而上拳打腳踢、砂石棍棒齊飛，沒多久耗呆就臥在地上爬不起來了（就算爬得起來也不敢，那只會再討一頓打），阿昌蹲下來輕描淡寫拍著他的臉頰說：「看到沒有？流氓就是這樣打架的。禮拜一給我帶一條Marlboro煙來，感謝我們兄弟給你上了這寶貴的一課，知不知道？」

耗呆小聲地說：「哪有這樣的？打都給你們打了，還要我『擺面子』喔？這樣就破壞規矩了吧……」

自詡爲「眞流氓」的阿昌居然被這個「假流氓」糾正沒規矩，不禁惱羞成怒，一巴掌搧下去：「幹！叫你擺煙就擺煙！還嘰嘰歪歪的，規矩？規矩是拳頭訂的啦！你

有種不要攞，以後就照三餐給你練身體！」

禮拜一一大早，耗呆果然乖乖地帶了一條Marlboro煙來孝敬阿昌他們，阿昌得意之餘，卻不知道這樣的舉動已經嚴重地破壞了校內的江湖規矩……

一般來說，如果校內有人犯了錯，兄弟們要懲罰他，最直接的方法就是海K，而且可以見一次K一次，因爲這攸關面子問題，不K就沒面子。不過，如果雙方並沒有什麼深仇大恨，只是一些言語衝突或誤把馬子等等，單純爲討回面子的話，就可以要理虧的一方「攞面子」——就是用東西贖回一頓打，而香煙就是校內通行的面子「貨幣」。不成文的規矩規定，既然選擇用拳頭討回面子，就不能再要人家攞煙，而如果給了人家攞面子的機會，就不能再以拳腳加諸於他的身上，如果硬要兩樣都來，那就是擺明了吃定人家，若對方是毫無靠山的凱子也就罷了，倘若是有靠山的，那就換對方要來討面子了。

無奈，阿昌是一個半路出家的角色，什麼規矩都只有瞭半套，他只知道可以用拳

走鋼索的人

頭揍人，也可以要人家擺煙討回面子，卻不知道兩樣一起來就等於向校內的另外一股勢力——廟埕口宣戰了。

果然，某一天放學之後，就換阿昌在校門口被包圍了，對方帶頭的是文鴻身邊的兩個打手阿貴和阿泰，反而秏呆自己沒來，連阿昌自己都納悶兒，秏呆自己都沒來，那算什麼來替他討面子的？

原來，對方只是「騎到縫」藉討面子的名義行勒索之實，阿泰說：「現在給你兩條路選擇，要嘛就是你也讓我們揍一頓，然後擺一條煙出來，阿不然就是你擺兩條煙出來。」

傻瓜也知道好漢不吃眼前虧，阿昌說：「兩條就兩條吧！」說完轉頭就走，全身早已流遍冷汗（落單被堵，說不怕那是騙人的）。雖然沒有阻攔，但背後還是傳來阿泰的聲音：「叫誰來講都沒用，是你先破壞規矩的，叫人來講一次就多一條煙！」阿昌頭也不回，心裡想：「笨蛋！叫人來講沒用，老子就叫人來打。」

第二天一早，好在阿財跟黑松還沒翹課，阿昌過去找他們把事情原委講了一遍，沒想到他們兩個不約而同地皺起了眉頭，黑松說：「挖靠！阿昌你怎麼搞這一齣的啊？這種破壞規矩的事你也做？」

阿昌說：「我啊災呀？幹！那條煙也是大家分了呀？」阿財也幫腔說：「驚啥小？難不成我們工業區的還眞的擺煙給廟埕口的喔？」黑松無奈地說：「好啦好啦，我去找文鴻說看看，看能不能壓下來。」說完搖搖頭走出教室，往文鴻他們班走去。

不到兩分鐘，只見他氣急敗壞地走回來，邊走邊嚷：「幹XX咧！打仗了啦！」他跟著對阿昌說：「現在不是只有你的事了！幹！文鴻那邊有夠『番』，客客氣氣跟他說還嘰嘰歪歪，還說因爲我去講，所以現在要你擺三條煙。我氣起來卯了那個阿泰一拳，他居然敢含扣！幹！是兄弟的抄傢伙跟我來！」

就這樣，黑松號召了兩百多個人，有的拿棍棒有的空手浩浩蕩蕩地朝文鴻他們班前進。文鴻那邊也不示弱，從黑松氣沖沖地走了之後，他們也知道大戰爆發在即，馬上召集人馬。雙方各聚集了兩、三百人（其實有一半是看熱鬧兼啦啦隊），眼看著逐漸在校園中庭聚攏，這時候只見訓育組長「黑肉圓」吹著嗶嗶帶著幾個體育老師衝進雙方人馬之間，跟著大聲喊：「你們幹什麼？全部給我回教室去！」

說起這個黑肉圓，本名叫蔡清源，黑肉矮壯形的人物，由於年輕的時候是憲兵隊的，跟地方上人物多有往還，後來到學校當體育老師，連文鴻或黑松的哥哥輩的都讓他教過，所以算是全校唯一鎮得住後段班的人物。

一觸即發的大戰，因爲黑肉圓等老師隔在中間而暫時止住了，不過雙方人馬依舊對峙，因爲誰先回教室就等於認輸示弱了。老師們也知道，事情鬧得這麼大，如果不做個妥善的解決，那麼很可能雙方因爲新仇加上舊恨，本來畢業典禮過後才會發生的大戰，恐怕就會提前在校園內發生了（每年學校的畢業典禮，都要動用派出所管區到場站崗坐鎮）。

眼看著雙方互相對峙叫囂，黑肉圓心想這樣僵持下去也不是辦法，他靈機一動對其他老師說：「你們先在這裡看著，我去打個電話。」過了大約半個小時，只見兩部賓士轎車緩緩開進校園，一部出來的是縣議員兼家長會長蘇董，另一邊則是鎮代會主席李董，身邊還跟著文鴻的大哥闊嘴龍。兩個地方上的重量級人物一到場，學生們像是看見神一樣立刻鴉雀無聲，雙方各自把文鴻及黑松叫過去講了幾句話，其中文鴻不知道還對李董回了一句什麼，結果被闊嘴龍「扣」了一下頭殼。結果，黑松和文鴻各自被「吩咐」了不到一分鐘，他們就走回來宣布帶隊回教室去了，一場大戰意外地就這樣消弭於無形。

接下來，就是看要怎樣徹底解決問題了，黑松、文鴻、阿泰、阿昌還有耗呆都被叫到訓導處。其中，文鴻因爲和整個事件沒什麼關係，被唸了幾句就「飭回」了。而黑松其實也沒什麼責任，所以也是被唸了幾句就飭回了。比較慘的要算是阿昌他們三個，被處以「笞刑」，當時國中夏季制服都是穿短褲，笞刑就是指拿大約兩公分直徑的藤棍打大腿後側的地方，由訓導處的「掌法」黑肉圓親自執行，這個莽漢可是天天

走鋼索的人

在練網球的，隨便打個幾棍就夠讓人腫上一個禮拜。

挨了大概十多棍，阿昌痛到眼淚直要標出來，上課的時候椅子只能坐一半，回到家洗澡的時候，鞭痕一碰到熱水就痛得吱吱叫。不過，犯了足以挑起大戰的江湖大忌，只挨這幾棍算是便宜了。只不過，校園中一時之間好像恢復了常態，實際上兩邊的仇恨是更加深了一層囉……

黑語錄

撿　角——台語，蹲在路邊撿人家施捨的零錢，意指落魄、沒前途。

出　拓——台語，「出息」的意思。

才　調——台語，指一個人的能力程度。

孝飽太閒——台語，吃飽閒閒沒事做的意思。

擺面子——台語，以實際的物資做賠償，烘托別人的面子或威風。

騎到縫——台語，意指找到尋釁的理由，師出有名地開戰。

番　　——台語，很不可理喻、無法溝通的意思。

掌　　法——掌管刑罰、家法並負責具體施罰者，幫會中的職務。

眞的要動刀子了！

這種生活用想的也知道，就像把腦袋別在褲腰帶上，說聲掉了就掉了。

國三到了下學期，大概三月的時候，後段班就開始停課了，實際上他們除了還沒領畢業證書之外，根本就算是已經畢業了。至於前段班呢？考前衝刺也已經到了白熱化。樓下是一排空教室，樓上則傳出密集的講課聲，構成了一幅怪異的景象。身處其中的阿昌，卻還徬徨著搞不清楚自己的定位。

中午吃飯的時候，阿財騎著機車、穿著便服來到學校找阿昌：「昌ㄟ，今天放學後跟我來去雄董的茶室，我騎車來載你，有任務喔……」阿財邊說還邊故作神秘狀。其實，大概是什麼任務阿昌也心知肚明，每年國三學生畢業，一大堆後段班學生踏入黑社會成爲新生代，就代表了勢力地盤又要重新分配了，一場場的街頭喋血是免不了的，有些人甚至撐不到畢業典禮那一天就橫屍街頭或鋃鐺入獄，也有一些是躺在醫院必須由家人代領畢業證書。

傍晚，阿昌跟阿財一起進入南都雄所開茶室的二樓，已經有一票大約七、八個兄弟在那裡玩牌了，全部都是今年剛畢業的同學。這時候，黑松走出來問說：「啊怎麼這麼慢？」阿財說：「啊他放學就還穿著制服呀，所以我先載他回家換衣服囉！」

黑松也沒多說什麼，直接了當告訴大家，今天晚上要去砍人，而狙殺的對象就是文鴻的堂哥文駿。由於李董在夜市大街開了一家牛排館，叫自己的兒子文駿去當店長，可是文駿很喜歡賭博，常常賭一整天不去顧店，只有在晚上九點多十點店要收攤結帳的時候，才去搜刮現金當賭本。這次文駿會成爲被狙擊的對象，也是「賭」惹的禍，他在南都雄的一個黑粒仔場一個晚上輸了三十多萬，全部是用李董的名義掛帳，但是回了家卻向自己的老爸謊稱是被「千」了。結果，當南都雄找上李董談起這條賭債時，李董卻以「不知情」爲由推個一乾二淨，而文駿本人則乾脆窩在廟埕口的地盤裡玩起「躲貓貓」這種避不見面的遊戲。

走鋼索的人

南都雄是靠賭起家的，對這種賴賬賴得很不漂亮的惡劣行為當然特別不爽，決定要派人深入廟埕口的地盤給文駿一點顏色瞧瞧（什麼顏色？當然是紅色）。之所以會派出像阿財、阿昌這樣的小蘿蔔頭，一來給這些新入行的小弟一個歷練的機會，二來年輕人特別衝動、不怕死，最適合擔任「敢死隊」的任務，三來小鬼們個個未滿十八歲，就算殺了人也不會有太大的麻煩，省了未來可能的安家費、律師費這回事。

臨出發前，阿昌他們每個人分到一把殘舊的西瓜刀，阿昌那把還有一些生鏽，刃口有些捲邊，一看就知道是那種應該用完就丟的貨色（阿昌心想，刀頭鈍也是有好處，至少不會隨便砍死人，但是生鏽呢？會不會害人家破傷風而死？）就在心裡轉著怪異念頭以壓抑緊張的時候，阿昌突然發現黑松並沒有跟著他們下樓，這次帶隊的居然是阿財，難怪黑松剛才那麼緊張他們遲到。茶室門口停著一輛舊舊髒髒的小貨車，開車的是跟隨南都雄多年的一個老小弟，鼻子紅紅的，一副酒精中毒的模樣。上了車，搖搖晃晃的車身隨即向著夜市大街前進。

在車上，阿昌小聲地問阿財：「黑松怎麼沒有一起來？」

阿財小聲地回答：「幹！你槌哥喔？他是雄董的寶貝兒子，怎麼捨得讓他來當敢死隊？」的確，砍人不比打架，極有可能見生死的，有時候一個不小心，狙殺的會變成被狙殺的。

從阿財的話語中，阿昌隱隱聽出了一股怨懟之氣。講起來，阿財才算是黑社會裡極有可能成爲硬角色的「人才」，但是他在起跑點上就已經輸了黑松一大截，以前還是學生的時候大家只是打打鬧鬧，這種感覺還不明顯，但是一旦畢業了眞正踏入黑社會，高低上下就分出來了。黑松似乎注定是要當老大的，但是阿財在未來，至少要經過不知道多少場拚殺血戰，而又能僥倖地活下來，才有可能追上黑松乃至於南都雄的程度，這種生活用想的也知道，就像把腦袋別在褲腰帶上，說聲掉了就掉了。

在離牛排館大約還有三十公尺的時候，貨車停了下來，這跟原來的計畫不一樣呀！原來的計畫是小貨車以迅雷不及掩耳的姿態衝到牛排館門前，阿昌他們車門一拉開火速衝進店裡砍文駿，然後再快速上車脫離現場，可是開車的酒鬼叔叔大概是怕死吧！他跟阿昌他們說：「你們把刀子藏在衣服裡，慢慢靠近牛排館，等到了他們門前才拔刀砍人，然後我才開車過去接應你們。記住，一定要到門口才拔刀喔！」（不過，雖然很明顯酒鬼叔叔是怕死，但是平心而論，以那輛破舊的貨車要達到上述原定計畫的效果，確實是太勉強了，臨時熄火的機率一定很高，到時候，酒鬼叔叔可是手無寸鐵的咧！）

大家都下車之後，依稀可以看到文駿正站在牛排館門口煎牛排的龐大爐子後面，在跟廚師聊天。阿財跟阿昌帶著兄弟們緩步靠近，不知道是緊張還是興奮，大家的腳步越走越快、越走越快，後來竟成了小跑步，離牛排館還有大約十公尺的時候，阿財終於按捺不住率先拔出刀子，指著文駿大吼一聲：「幹！吼伊係！」（是「給他死」，不是「歐依喜」喔！）阿昌他們跟著也拔出刀子一同朝目標疾奔過去（由於拔刀太猛，阿昌還劃破了自己的T恤，沒辦法，經驗不足嘛）。文駿一看就知道是衝著自己來的，眼看著已經來不及繞過龐大的爐子逃命了，情急之下竟發揮出人類的極限，兩手一撐爐面，一個墊步跳過爐子往反方向沒命地狂奔（用手撐耶，一定很燙吧？）。

跑在最前面的阿昌努力一個衝刺揮刀而出，可惜手不夠長只劃破了文駿屁股一條淺淺的刀口，但是這就足以讓他痛一下而腳步稍有停頓。這時候，阿財不知道哪裡來的力氣奮力一撲把文駿撞得跌倒在地，兄弟們衝上去就是一頓亂砍，可能是場面太過慌亂吧！還沒來得及站直身子的阿財，肩膀還被自己人劃了一刀。

在一陣亂砍的同時，阿昌赫然發現自己的刀子不知道什麼時候已經飛掉了，只剩下一個木柄還緊緊握在手中，難不成剛才除了砍屁股的第一刀之外，自己每一刀揮的都是「空氣」？這時候，阿昌趕緊退出戰圍，以免不慎被自己人砍到（砍人第一守則，砍人場面非常混亂，尤其是多人砍一人的時候，絕對要小心不要被自己人砍到，那眞的是太冤枉了）。

看著文駿在地上扭滾掙扎、哀嚎連天的血腥模樣，一時之間阿昌竟然震攝住，看呆了。突然間阿財猛拉他的手臂怒喊：「幹！嚇呆啦！快跑啦！」阿昌定睛一看，果然前方廟埕口的大軍已經像海浪一樣捲過來了，還好他還沒嚇得腿軟，趕緊跟著回身就跑。咦？貨車呢？幹！居然「浪槓」了！那個怕死的酒鬼居然一看到大軍來了，馬上捨棄阿昌他們先跑了。沒辦法，只好徒步逃命了。跑著跑著，大家也都跑散了。

黑夜之中，只剩下阿昌自己一個人漫無目的地狂奔，跑呀跑呀，跑進了一條暗晦的死巷子，一堵牆擋住了阿昌的去路，他終於跑不動，回頭靠著牆蹲在黑暗的牆影中，看著巷口忽明忽暗的昏黃路燈，遠遠地還傳來嘈雜怒罵的聲音。氣喘如牛之餘，阿昌才發現剛剛那個刀柄竟然還臥在手中，拳頭因爲緊張幾乎要張不開了。「幹！」阿昌低聲地咒罵了一聲，奮力地把刀柄甩得老遠，刀柄飛出去後不知道撞到什麼，傳回了一聲空洞的回響，讓阿昌的心情更加低落，他想到了沒有來的黑松、想到了浪槓的酒鬼……也想到了剛才蜷曲在地上，最後倒在血泊中只能抽慉顫抖的文駿。蹲了很久很久，終於四下寂靜無聲，他才有膽子走到巷口，探頭張望。確定眞的已經沒什麼動靜之後，阿昌終於提起了沉重疲憊的步伐，認清了方向，朝自己的家前進。

走呀走的，也不知道走了多遠、多久，熟悉卻又有點陌生的家門終於出現在眼前。沒想到一打開門，老媽還在客廳等他，不過卻完全沒有問他去了哪裡？爲什麼這麼晚回家？T恤怎麼破了？只是關心地問：「你還沒吃飯吧？肚子很餓了喔？」當一碗熱騰騰的湯麵端到面前時，阿昌貪婪地狼吞虎嚥，第一次，這眞的是第一次，他感覺到家是那樣地安全、那樣無怨無悔地等著他。

很奇怪，過了那一夜以後，好幾天都沒有阿財的消息，阿昌心想他大概每天都在鎭上的哪個角落爲了出人頭地而「奮戰不懈」吧。直到有一天，阿昌放學的時候碰到了一個已經在當送貨員的後段班同學，才聽到了一些消息。原來，那天去砍文駿雖然大家都成功逃脫了，但是隔沒兩天阿財自己也落單被十幾個廟埕口的堵到，傷得還滿嚴重的，現在還躺在醫院裡。火速趕到醫院的阿昌，一踏進病房就看到包紮得像是個木乃伊的阿財。

兩人沉默了片刻，還是阿財先有氣無力地說：「幹！你現在才來喔？所有的兄弟你最慢！」阿昌強笑著說：「幹！看你像個木乃伊，那麼喜歡給人家看喔？對了，黑松有來看你嗎？」

阿財說：「他是最先來的，還拍胸脯說一定會替我討回來。」阿財說這些話時的表情，彷彿自己是在說一個笑話。

「那雄董呢？他有來嗎？」阿昌跟著問。「別鬧了，像我們這種最外圍的小弟，多一個少一個對他來說根本沒差，他會來才有鬼咧！」阿財說，很明顯，南都雄不但連來關切一下都沒有，恐怕連醫藥費也完全沒一點表示。

講到這裡，阿財突然換了一副嚴肅的臉孔（說真的，一個鼻青臉腫的人硬要裝嚴肅，是很滑稽的，要不是體諒阿財的心情，阿昌可能會當場哈哈大笑），跟著說：「阿昌，你有想過未來嗎？」

這個問題像是刀子一樣，剎那間把阿昌給砍呆了，在沒有答案的情況下他只好說：「幹！你會不會想太遠了啊？」「如果你是要唸書考高中、以後唸大學的話，」阿財緩慢而沉重地說：「那跟你講未來眞的是想太遠了。可是如果你跟我一樣決定混流氓的話，那麼……其實我們現在已經走在『未來』裡面了！」直到今天，阿昌還在懷疑，他原本認識的阿財在被堵的那一天已經被砍死了，而講出這麼有哲理的話的「那個阿財」……其實是「借屍還魂」？要不然，該怎麼解釋，一個連國中都沒好好唸的少年仔會講出這種話呢？

「阿昌，說眞的……」阿財接著說：「不管未來怎樣，我們都應該離開這個小鎮，看看外面的世界，要不然永遠也不可能出頭天。」聽得滿臉豆花的阿昌愣了一下，沒好氣地說：「馬的！你被砍到頭了喔？腳長在你身上，要走隨時都可以……呃……傷好了以後，要走隨時都可以走，沒錢買車票喔？在校門口隨便攔幾個學弟就有了啊！」

「馬的！你才是頭殼壞去！我也知道要走隨時可以走！但是我現在不能走呀！

走鋼索的人

我現在只是一個沒名聲沒勢力的少年仔，去到哪裡都混不開。我必須在鎮上再混個幾年，有一點『趴數』的時候，去外地才會受到起碼的尊重，才容易立足。」眞難爲這個受重傷的人，居然可以一口氣講這麼多話，他接著說：「你不一樣！你有頭腦，唸書唸得來，你應該想辦法去考高中、唸大學，到市內去發展、歷練，將來混一個穿西裝打領帶、比蘇董還屌的樣子出來！」

講到這裡，阿昌突然有一種憬然而悟的感覺，他想：「對呀！比起其他混兄弟的，念書就是我的長處，我爲什麼要捨棄這條可以更快竄升的捷徑呢？」從踏出阿財病房的那一刻起，阿昌知道，雖然兄弟倆共同的心願都是「做老大」，但卻即將走上兩條截然不同的道路，未來是否還有生命的交會點，誰也沒把握，但是阿財這個兩度「啓蒙」的好兄弟，阿昌永遠也不會忘記。

距離聯考只剩下三個多月了，阿昌像脫胎換骨似地變成了一個啃書蟲，勤奮的樣子讓週遭的人不禁懷疑他是鬼附身了。要重拾荒廢已久的課業當然是辛苦的，但是阿昌的心裡有著遠大的夢想——那可是一場和阿財之間漫長的馬拉松賽跑，而且，他對自己腦袋「一目十行，過目不忘」有如衛生棉般的超強吸收力可是深具非常信心的。

果然，放榜那一天，導師阿順伯興沖沖打來報喜的電話證明，整整一百多天廢寢忘食的努力，雖然還不足以把阿昌推上前三志願，但要在北區公立聯招撈到一個位置，絕對是手到擒來！

黑語錄

浪　槓——台語，溜走、逃亡。

趴　數——台語，百分比的數值，意指一個人在黑社會中歷練的程度深淺。

看到「東區死小孩」就討厭

如果他們不保持隨時掛著「道上」的語言在嘴上以顯示自己「滿罩的」，就很可能被當凱子，一旦被當成凱子任人欺凌，大家就開始爭相打落水狗。

老媽說：「啊就最煩惱他考上這一間了，偏偏就考上這一間！」難得在家的老爸邊目不轉睛地看著「豬哥亮歌廳秀」，邊若無其事地答腔：「有學校唸就不錯了，還煩惱那麼多？」

至於阿昌，則是自放榜以後就幹在心裡面，多考個幾分，可以上板中，離家還滿近的，少考個幾分，考上華僑或泰山，也是離家一班車就到了，偏偏就考到卡在中間、位於新北投的復興高中，那跟自己家就眞的是一個在南一個在北了。其實，「遠」還不是最大的問題，因爲越遠家裡就越管不到他（以前唸國中時，跟家裡只隔一座天橋，每次訓導處廣播阿昌，老媽都聽得到），可是老爸規定：一不准阿昌騎機車，二不准他住校，那就擺明了要他搭公車上課了嘛！從小鎮到新北投可真的是穿州過省的大工程耶，整整要換兩班公車（都是幾乎從起站搭到尾站），光車程就要耗去將近兩個小時，如果要趕學校七點上課，那不是每天天剛亮就要起床搭車了？人生最痛苦的事，眞是莫過於此呀！

不管怎樣，聯考總算是一件公平的事，你考上哪一間就得唸哪一間，除非棄權不唸，否則就乖乖去註冊上學吧！漫長而顛簸的公車路程，讓阿昌開始體會到自己居住的小鎮是那樣地渺小，原來，「世界」是這麼大的。下了公車，還得爬上一段山路「好漢坡」，才能到達校門口——馬的！這裡不是台北市嗎？怎麼還有「山」這個玩意兒？聽老爸說這裡還是台北市郊區的高級住宅區，「Shit！除非跑路，否則打死我也不要來住這種還要爬山的地方！」阿昌心想。

踏進校門，有一種豁然開朗的感覺，好大呀——眞的比國中要大多了，看到操場，就像是一個遼闊的山谷，這才叫操場嘛！不過，看來以後的體育課是很有得操囉。教室東一棟西一棟的，都是依著山勢建築，這種種全新的感受，讓阿昌不禁興奮了起來。

踏進教室，全班通通是新面孔，不過已經歷經風浪的阿昌已經不像當初進國中時那樣怕生了（都敢拿刀砍陌生人了，還會怕跟陌生人同班？），看著班上的同學有的已經開始攀談相識，有的則還是僻處一隅順其自然，阿昌心想，念高中眞的是人生一個全新的開始，心裡不由得又想起阿財跟他說的那番話，好好充實自己、拓展人脈，累積將來「作老大」的本錢，想到這裡，阿昌透過窗外遙望遠方，彷彿「未來」已經在向他招手，他心頭驀然升起一個念頭：「也許有一天，我會成爲這個學校『帶頭』的。」對一個剛踏進校門、誰都還不認識的高一菜鳥來說，這樣的想法或許是遙不可及，但是阿昌作夢也想不到，這個才入校第一天、還沒正式上課時偶然突發奇想的念頭，後來居然實現了，而且也眞的爲他將來作老大紮下了根基。

當然，此刻的阿昌沒辦法未卜先知，他很快地結束這個荒誕的念頭，暗自搖頭笑一笑。突然，教室後方傳來一陣刺耳的笑聲，阿昌回頭一看，原來是班上一些留級生，他們自以為是老鳥，所以肆無忌憚地高聲笑鬧，一看他們的外形，就知道是阿昌印象中很討厭的「東區死小孩」。

說到這個東區死小孩，其實阿昌早在國中時期就有接觸過了。原本小鎮上的孩子們如果到市內打遛閒晃，大部分都是泡在西門町的一些小舞廳，例如萬年樓上的跳動100，或是什麼黛安娜、99等只能容納幾百人的小場子，後來台北市東區慢慢興起，漸漸地蓋過了西門町，還出現了一些可以容納數千人的大型舞場，如Kiss、Nasa或Soho等等，阿昌就有一次特地跟著阿財等一票人到Nasa開開眼界。

大型的舞廳的確設備裝潢要比小場子炫多了，裡面的舞客雖然也都是一些和阿昌他們年紀差不多的少年囝仔，但是穿著打扮明顯時髦花俏許多，而從那些人眼裡，阿昌也明顯感受到一種對「土台客」、「土流氓」的鄙夷，那種感覺就好像這種時髦的大型舞場是「鄉下人與狗不得進入」的。

最討厭的，就是這些死小孩特別喜歡哈拉一些似是而非的半調子流氓經，動不動就說什麼「砍死你」啦、「嗆什麼嗆什麼」啦，這些明明應該是很嚴重的事情卻在他們口中變成類似口頭禪或是招呼語，聽在眞正混流氓的人耳朵裡就會感覺非常刺耳。看這些小孩子（其實在看的阿昌自己也是小孩子）一副彷彿全世界他們最大的模樣，阿昌心想：「這要是走在夜市大街或工業區裡，早就被打成肉醬了。」從那一天開始，阿昌就對這些東區死小孩留下了很差的印象。

在往後的歲月裡，阿昌才漸漸了解到，東區的小孩和小鎮的小孩其實沒有兩樣，血氣方剛的少年時都會有恃強凌弱、欺善怕惡的行爲，而小鎮的孩子由於絕大多數都是從小玩到大的街坊鄰居或親戚老友，在人情味或各有集團的條件下情況還沒那麼嚴重，相較之下，東區的這些小孩其實滿可憐的，大概是都市居住的人都會有一種疏離感，導致小孩子那種彼此相熟照顧的情況很少見（講的直一點，就是都市人比較不講人情義氣啦！），如果他們不保持隨時掛一些「道上」的語言在嘴上以顯示自己「滿罩的」，就很可能被當成凱子，一旦被當成凱子任人欺凌，大家就開始爭相打落水狗，那人生就至少有好幾年會是「黑白」的了。

思緒回到教室裡，看到那些恣意調笑的留級生，就知道他們是那種最典型的東區死小孩，卡其褲作成當時流行的「哈台褲」或「泡褲」的式樣，不像阿昌還是堅持原汁原味的「控叭喇褲」（眞的要打架，當然是控叭喇褲符合人體工學）。這種「半調子」平常成群結黨打打鬧鬧可能覺得好玩又神氣，眞要抄傢伙幹眞的恐怕會嚇到尿褲子。「這種貨色？連耗呆ㄟ都不如！」阿昌心想：「大概只能跟水果台那種級數相比。」

走鋼索的人

黑語錄

帶　頭——台語，領頭話事者。

控叭喇褲——台語，極寬極鬆的直筒褲，可以把鞋跟鞋尖一起蓋住，跟喇叭褲不一樣。

不要看不起鄉下流氓！

你們要記住，打架是沒輸贏的，誰不認輸誰就贏！

在陌生的校園裡觀察了一個多月，阿昌終於找到了一些同鄉的「親人」。其中，隔了幾個班級的阿華年紀比阿昌略長，屬於沉穩冷靜型的人物；隔壁班的小威則有點呆頭呆腦的，不過對朋友很熱心。雖然在國中的時候，阿華和小威都是廟埕口那邊的人，但是在異鄉聚首的三個人都有一樣的想法：「比起大台北，小鎮眞的是太小了，過去那種小角頭觀念早已經不合時宜，身在異鄉，不管是唸書也好，打架也好，同鄉都應該互相照顧。」結果……互相照顧的機會，很快就來了！

三個人當中，小威進了學校的樂隊，因爲他聽說樂隊是全校最「壞」的，加入以後也許可以竄得很快。可是，在樂隊裡面有一個跟阿昌同班的留級生「阿炮」，卻以「學長制」爲由向小威勒索一包煙。說起這個阿炮，本名好像叫謝慶仁，聽說家裡很有錢，既是老么又是唯一的兒子，父母供應零用錢像流水一樣，結果讓他進了這所高中後變成同儕之間的凱子，大家都叫他阿炮或謝炮，這個沒見過世面的傻瓜不知道阿炮在台語之中是呆子或凱子的意思，還以爲自己因爲仗義疏財，像眞正的道上人物一樣有了綽號而沾沾自喜（阿炮大多不知道自己是阿炮，這大概也算是一種幸福吧）。

雖然阿炮留級了沒有升上高二，但至少樂隊中又有菜鳥來了，懷著一種「媳婦熬成婆」的心態，他也想過一過欺負別人的癮頭。挑呀挑，阿炮挑上了看起來很「古意」的小威，就擺起了「學長」的架子，心想可以捏一顆軟柿子了，卻沒想到，這回是踢到鐵板了。

小威一被勒索，馬上就跟阿昌還有阿華講，阿昌不假思索就說：「馬的！這些東區死小孩，你跟他講，要煙是吧？放學後在我們教室請他『抽煙』，給他好好爽一下！」接著，阿昌就開始作心理建設：「他一定會叫人來，而且人一定比我們多，馬的！就跟他們幹了，我負責開炮，你們要記住，打架是沒輸贏的，誰不認輸誰就贏！

」阿華跟小威聽了堅定地點頭，從這一刻起，三個人心中都建立起患難與共的默契。

放學後，空蕩蕩的教室裡，雙方人馬對峙，一邊是阿昌他們三個，一邊是阿炮邀來「觀禮」的十幾個人，有留級生，有二年級生，還有「跟著」他們的一年級新生。仗著人多，阿炮有恃無恐地大吼：「幹！陳瑞昌！你敢幫別班的？給我滾開！」

「馬的……以前誰敢這樣跟我講話？」阿昌心想，他毫不猶豫拎起身邊一把椅子，當頭朝阿炮卯了下去，嘴巴跟著罵：「打架就打架，廢話那麼多？」椅子的重量加上猛力揮舞的重力加速度，當場讓阿炮跌在一堆課桌椅之間，只能呻吟爬不起來。

對方十幾個人當場都愣住了，有兩個二年級的嘴裡叼著的煙還掉到地上。其中一個留級生腦袋比較清楚，他當場怒吼：「幹！你們這些菜鳥知不知道什麼叫學長制啊？」阿昌先在阿炮臉上踹了一腳，跟著把手裡的椅子朝對方甩了過去，人群像「炸開」一樣紛紛閃避。他冷冷地說：「幹XX的老XX！我學你媽的長痔（制）瘡咧！老子是新生啦！隨時可以不唸去重考，脫下制服天天到校門口堵你，堵到你不敢唸為止！」說完掏出一根煙點火，自顧自地吸了起來。

吸了半根煙之後，阿昌傲然地說：「還有什麼問題嗎？」對方無言，甚至不敢怒目相對，只是又下不了台無法退場。阿昌把半根煙甩在阿炮臉上，火花在阿炮臉上四濺，一、兩個水泡應該是免不了的，接著揶揄地說：「說好要請你抽菸的，『學長』，賞個臉抽兩口吧！」然後，拎起書包對滿臉敬佩神色的阿華、小威說：「走吧！」臨踏出教室門口，他還回頭惡狠狠地說：「幹！不要看不起『庄腳』流氓！」順道再教育阿炮一下：「敬你煙還不抽？信不信我叫你整根吞下去？」說完三個人頭也不回揚長而去。長久以來充塞心中對東區死小孩的不爽，經此一役盡掃而空。

第二天某一節下課，有個留級生跟阿昌說：「二年十三班的學長叫你過去一趟。」接著說：「你完蛋了，二年十三班是現在全校最壞的，他們班帶頭的Honda連三年級的也不敢惹……」阿昌聽了瞪他一眼，他馬上住嘴不敢再說下去。去就去吧，怕什麼咧？阿昌說走就走，阿華、小威照例隨行。

一般來說，公立高中裡面多少都會有一種莫名其妙的學長制，三年級管著二年級，二年級管著一年級，不過實際上在校內最活躍的還是二年級，因爲三年級已經開始面對升學壓力了，沒時間玩什麼「打架遊戲」、「流氓遊戲」了，而且唸到三年級才被記過退學，豈不是太冤枉了？

來到二年十三班教室前，意料中被包圍的狀況並沒有發生，反而是Honda一個人帶著阿昌他們到走廊角落說話。蹲下來點了煙，Honda故作大方地笑一笑說：「幹！你還帶人來喔？三個人能幹什麼？」

阿昌毫不示弱地回應：「三個人可以跟你配三條命！」

臉色變了一下，Honda說：「看來你是個有料的，混哪裡的？」

阿昌說：「阮大ㄟ是南都雄啦，啊要不要請我們雄董過來跟你『註文』一下？」

經過將近兩個月的相處，阿昌已經大致摸透了這些愛玩愛鬧的高中生，他未必聽過南都雄是誰，但只要是「聽起來像流氓」的綽號，就夠他們害怕了。實際上，阿昌大概也了解Honda為什麼不乾脆用包圍的態勢而改採低姿態的「談判」方式——萬一場面控制不好，那可能「二年十三班最勇」的神話就要面臨崩潰了，最起碼Honda的威名也要大打折扣。

果然，Honda有些緊張地說：「校內的事校內解決就好，幹嘛動不動就要烙外面的兄弟？大家是來唸書的，要混流氓何必搭那麼遠的公車來這裡混？」這些話倒也是在情在理，所以阿昌這次沒有回嘴，只是無言地點點頭。

Honda繼續說：「其實，學校裡面有學長制也是訓導處和教官室默許的，方便管理嘛！話說回來，學弟尊重學長也是應該的，畢竟我們在這間學校待得比你們久呀！說難聽一點，你們連翹課要從哪裡鑽出校外、學校附近有哪些好玩的都不知道咧！將來你也會升二年級，到時候也會希望學弟尊重你的。」

尊重歸尊重，阿昌滿能理解Honda這種「媳婦熬成婆」的心態，不過尊重不代表可以任人魚肉，他說：「我了解，新生來報到就等於踏入你們的地盤混，應該有的尊重我們懂，不過像那個什麼阿炮，有事沒事就哈拉什麼學長制，叫我的兄弟擺煙，這樣大家就過不去囉！」

「那個什麼阿炮，根本不算個角色，」Honda說：「他只是個凱子，等一等我就叫他擺一條煙，算是我替他出面的『費用』。他要是再跟你五四三，你跟我講！」就這樣，阿炮成了炮灰，後來那一條煙阿昌他們還分了三包。

跟學長握手言和是有實際好處的，阿昌他們很快了解校園內外的狀況，知道撞球店跟電動間在哪裡，也知道了「迷宮」的存在。在復興高中的圍牆邊，緊鄰著一座廢棄已久的小眷村（不過現在不知道還在不在），不知道爲什麼，這個小眷村跟學校有一道小門相通，知道門路的人，走進去七繞八繞就到了校外，不知道訣竅的人，走進去可能走到天黑還在呆繞，所以同學們都稱那裡叫做「迷宮」（有時候教官很賤，會在中午吃飯的時候守在迷宮出口，抓偷跑出去吃麵的人）。

後來唸到高二的時候，因爲「迷宮」的關係，阿昌還曾經有過一段「奇遇」。

走鋼索的人

那一天，一票人沿著學校的邊牆向迷宮入口前進打算翹課，不知道誰突然惡作劇喊了一聲：「教官來了！」大伙兒嚇一跳趕緊把書包往外丟（這叫「湮滅證據」，沒背著書包憑什麼說我要翹課？），結果發現是假的，大家只好趕緊衝向迷宮，出了校外再順著牆往回跑撿書包，結果阿昌的書包居然剛好丟在校外的一個垃圾堆上。遠遠地，他看到有個穿著絲綢白色唐裝的老頭兒，拿著手裡的枴杖在翻弄他的書包，一邊還對身邊一個矮胖富泰的老婆婆嘟囔著：「這書包還很新嘛！還可以用啊，怎麼就丟掉了咧？」除了身邊的老太婆，老頭兒身後大約十幾步還有兩個大約四、五十歲穿黑西裝戴墨鏡、理小平頭的魁梧大漢亦步亦趨地跟著。翻著翻著，他發現阿昌的書包上別滿了各個學校的徽章，突然陷入了沉思，這時阿昌走過去，尷尬地咧嘴笑一笑撿起書包，那老頭兒微怔了一下，若有所思地笑著對阿昌說：「你很不錯喔！這麼年輕就這麼多勳章，跟我年輕的時候沒兩樣。」（說是勳章也沒錯，那是各校學生為了投阿昌所好「進貢」的校慶徽章，那個書包號稱「萬校聯盟旗」，十幾年來保存得好好的）

說完，慈祥而幽默的老頭兒又蹣跚地回頭而去。下山的途中，同時翹課的一個留級生才跟阿昌說：「幹！那個是張學良啦！」阿昌這才恍然大悟，自己碰到了被軟禁幽居的跨世紀名人——張少帥。

由於常在學校附近打蹓閒晃，阿昌也逐漸地認識了一些北投在地「北聯幫」、「山腳仔」的外圍份子，了解到這個世界上不是只有小鎮才出流氓的，踏出小鎮廣交天下好漢的課程，算是唸到Lesson One了。

黑語錄

註　文——台語，確認、認證、溝通。

走鋼索的人

初夜，給了華西街

看著清涼服裝下若隱若現的臀波乳浪，阿昌他們的鼻血簡直就要「飆」出來了。不行！說什麼也得試一試。

在校園裡混著混著，漸漸地阿昌他們身邊也聚集起一票人，大多數都是來自跟小鎮一樣的台北郊區衛星城鎮，大家因為都要搭長途的公車往返，因而在通車途中互相熟絡（當時，住市區的東區死小孩都搭266公車，而住北縣的大多搭218到萬華換車，可說是涇渭分明）。

忘了是哪一天，在萬華老松國小站下車的時候，同夥裡有一個叫做「豬肉」的傢伙（因為他在學校老喜歡打赤膊，大家都叫他賣豬肉的，簡稱豬肉），神神秘祕地對阿昌他們說：「你們知道嗎？華西街就在附近耶！聽說那裡有很多妓女戶，大家來去把一下怎樣？」在那個青春期激素特別發達的時期，即使「打人無數」的阿昌對男女之間的事情也是一知半解、似懂非懂（雖然A書看過不少，但終究是欠缺實驗），更何況是其他人？平常在學校裡看到的女同學都是既矜持又充滿距離感，一聽到有女人看，大家當然是一致贊成，立刻通過。

忍受著怪異的眼光，一群穿著制服背著書包的高中生邊問路邊觀察終於來到名聞遐邇的著名風化區華西街……結果發現華西街居然是個觀光夜市！馬的！妓女戶到底在哪裡？阿昌因爲渴望冰淇淋而幾乎噴出火的雙眼狠狠地瞪著豬肉：「馬的咧！問了那麼久、走了那麼久，到底『好看的』在哪裡？」豬肉囁嚅著說：「我……我……我也不知道啊！阿不然我……我再去問看看嘛！」說完，豬肉只好硬著頭皮過馬路去問一個老阿伯：「歐吉桑……那個……那個哪裡有查某間？」沒想到阿伯竟立刻勃然變色：「少年仔讀冊不好好讀，跑來這裡開查某啊？」頓時四周圍的目光都射向了豬肉，而豬肉也馬上因臉紅而成了一塊豬肝。所幸，在他低著頭走回來時，阿昌他們還

走鋼索的人

不至於太沒人性裝不認識他。

問路碰了一鼻子灰，阿昌一票人只好擺無聊賴在路上閒晃，走著走著，來到了環河南路上，赫然發現——原來妓女戶都是分布在環河南路邊或是巷子裡，粉紅色的燈管彷佛一團誘惑的熱火對阿昌他們聲聲呼喚！不過，令人感到有點諷刺的是，在成行成市的熱鬧紅燈戶正對面，赫然竟是一個公家單位——台北市政府警察局民防總隊桂林中隊。

在阿昌的帶領下，大夥兒鼓起勇氣向前邁進，在接近那些當街拉客的妓女時，哇塞！果然穿的是有夠清涼，其中有不少年紀還跟阿昌他們差不多，眞是不虛此行呀！只聽她們不斷對過往行人招呼著：「人客，入來坐喔！裡面有冷氣喔！」

有幾個看到了阿昌他們，還「熱情」地說：「少年仔，要不要進來坐呀！」看著清涼服裝下若隱若現的臀波乳浪，阿昌他們的鼻血簡直就要「飆」出來了。不行！說什麼也得試一試。

這次換阿昌打頭陣，他隨便挑了一個女的問：「一次多少？」

「很便宜啦！只要五百一！」對方回答。

「馬的，五百一？老子身上只有五十塊咧！」阿昌心想。

他轉頭走了回去，對兄弟們說：「幹！一炮五百啦！你們身上有錢嗎？」大家躍躍欲試的熊熊慾火立刻被一盆冷水兜頭澆熄，五百一的確是滿便宜的，但是沒有就是沒有。

於是，兄弟們對著紅豔豔的燈光發誓：「一個禮拜之內，一定要湊足『經費』來這裡『轉大人』。」就這樣，一個禮拜之內大夥兒各顯神通湊錢，阿昌他們三個是用「借」的（不用還的那一種借，倒霉的阿炮貢獻了一千塊），聽說豬肉把老媽送給他的金項鍊賣了，有的人則是回家編理由A爹娘的錢。總之，一個禮拜的期限到了，總共有七個人達到目標，於是，排除萬難的「七匹狼」就在當天放學後搭著218公車浩浩蕩蕩地朝萬華前進（當時，阿昌的腦海裡甚至響起了卡通「金銀島」的主題曲：勇敢的孩子乘風破浪尋找夢裡的金銀島……）

到達妓女戶前的過程就不必贅言了，阿昌是第一個挑小姐的，很幸運地他挑到了一個長得挺可愛的，她說她叫小琪（究竟是琦？淇？還是騎？阿昌一輩子都不知道），看起來頂多比阿昌大一、兩歲，皮膚很白，笑的時候嘴角有一顆虎牙，像極了當時一些有名的日本偶像，例如早見優、松田聖子等，阿昌不禁暗嘆：「差不多的長相，爲什麼各人的際遇差異那麼大？」七個人當中，有一個綽號叫「啦啦隊」的傢伙臨時害怕不敢上陣，只好留在門外徘徊等阿昌他們，等待的時候，還被一個「阿姨輩」的妓女虧：「少年仔，來這兒找你老爸喔？」

給了錢（經過解說，阿昌才知道多出來的十塊錢是Saku的消費），小琪帶著阿昌進入一間陰陰暗暗的小房間，眞的有一部老舊的冷氣（但沒開），硬硬的木板床，床邊還有一捲衛生紙。一進入房間，小琪關上門就例行公事般地開始脫衣服，由於本來就穿得不多，所以很快地一具雪白的胴體就裸露在阿昌面前，雖然乳房才剛剛發育，肌肉大概因爲不健康的關係而顯得有些鬆垮垮的，但整體還算勻稱。這是生平第一次，一個活生生的、眞的、一絲不掛的女體裸裎在阿昌眼前，在燠熱的空氣中，阿昌血脈賁張的程度已經讓他近乎窒息，而且完全流不出鼻血——因爲全身上下的血液彷彿都已經集合在下半身了。

小琪看著已經滿頭大汗的阿昌，似笑非笑地問：「怎麼還不脫衣服？不好意思喔？」說眞的，要阿昌拿刀子砍陌生人很簡單，但是要他在陌生人（尤其是女人）面前脫光光還眞是爲難——第一次嘛！

「你是第一次嗎？」小琪有點明知故問的模樣，阿昌頓時尷尬得不知如何是好，好在他沒有笨笨地反問對方：「妳是第幾次？」「乾脆我幫你脫好了。」小琪輕鬆地說，彷彿司空見慣。「免！我自己脫！」馬的，就是脫衣服嘛！難道你敢脫我會不敢脫嗎？其實，很多「困境」你把它設想是在「拓堵（就是幹架的意思）」，憑著一股蠻勁就可以讓窘況迎刃而解了。

出乎意料的是，原本在褲襠裡稱王稱霸的「小弟弟」，一碰觸到新鮮空氣竟然開始打退堂鼓——大概是因爲太緊張了不敢抬頭見客吧！小琪笑一笑整個人趴在阿昌身上，開始溫柔地撫摸揉搓，展開了阿昌的床上初體驗。阿昌畢竟是一個血氣方剛的年輕人，「小弟弟」在熱烈的鼓勵之下終於又恢復信心，抬起頭讓小琪姊姊幫「他」穿雨衣。

從「被緊密包圍」的陶醉時刻到「下半身發生痙攣」的解放時刻，整個刺激而美妙的過程大概只有三分多鐘（應該不超過五分鐘），過程中大部分是小琪在運動，因爲阿昌如果想自己動動看的話，「小昌」老是會因爲配合度不佳跑出來Say Hello——奇怪，A片男主角那麼激烈地「運動」，究竟是怎麼辦到的？

完事之後，小琪還拿起已經善盡職責的保險套晃呀晃，開玩笑地問阿昌：「第一次耶！要不要用衛生紙幫你包一包帶回去做紀念？」馬的，開什麼玩笑呀？接下來，小琪還拿了個折得小小的紅包袋給阿昌，打開一看裡面是一個十元硬幣，「這是什麼？難道是Saku免費招待？」看著阿昌疑惑的表情，小琪忍不住笑出來說：「因為你是『在室』的，送你一個紅包作紀念！」又是紀念品？怎麼打個炮紀念品這麼多？難道妓女戶也有行銷手法嗎？

不管怎樣，有了第一次的經驗之後，阿昌膽子也大了，在往後的日子裡，只要手頭有錢，他也不用呼朋引伴，自己一個人就敢來報到，只是，每一次他都是找小琪，對於小琪，他似乎有一種依戀，甚至是依賴，這種感覺很微妙的「情愫」，連他自己也搞不清楚是為了什麼。其實，阿昌也感覺得出小琪看到他來應該也滿開心的，畢竟會來這種地方的年輕人也不多，而接年輕客人總也好過接一些渾身酒味、汗臭的苦力、工人、歐吉桑要好多了。

「接觸」的日子久了，兩人之間除了上床也開始會有一些短暫的交談，阿昌慢慢地知道小琪是來自台東的原住民，被帶到萬華接客已經快三年了，在送往迎來的生涯中，對「家」的印象早就已經模糊，只記得終日醉醺醺無所事事的父母，還有一個大概命運跟她一樣悲慘的妹妹，一個根本就沒錢上學的弟弟。有時候，看到阿昌穿著制服來，小琪還會在完事之後幫他把制服穿好，然後說：「其實，你有機會唸書，還是要知福、惜福好好唸才對。」聽了這些話，阿昌表面總是毫不在意地聳聳肩，但是心裡面總是覺得怪怪的，那種感覺，既像是一個歷盡滄桑的長輩在規勸你，又像是一個比自己早熟的情人在督促你。

這種帶著交易行爲的肉體關係大約持續了兩、三個月之後（當中五百一還漲價爲八百一:)），有一天，阿昌照例來到環河南路報到，小琪帶他進房間之後，突然沒頭沒腦地說了一句話：「我眞怕你這個禮拜不會來。」更奇怪的是，小琪這次居然沒有幫「小昌」穿雨衣（不過十塊錢還是有收），完全「貼身享受」，最奇怪的是，完事的時候小琪居然說：「吻我……」然後就自己把嘴唇湊了上來，嘴唇和舌頭的糾纏在肉體上老實說沒有什麼特異的感覺，但卻可以在心靈上造成莫大的震撼。小琪說這是她的初吻，當然這也是阿昌的初吻（在往後的歲月裡，阿昌才逐漸知道妓女不管是高

級、低級，收費高或低，都不會隨便讓客人親吻，因爲，「吻」是她們唯一可以留給自己情人的東西）。臨走的時候，小琪還問阿昌：「你爲什麼不好好交個女朋友？幹嘛老往這裡跑？」阿昌不知道該怎麼回答，只好笨拙地說：「方便嘛！」雖然小琪那一次的言行舉止是那樣地怪異，但是對於她的消失，阿昌還是完全沒有心理準備。

在一個和以往同樣的黃昏，阿昌在萬華老松國小站下車之後，再次「性」致勃勃地往環河南路走去，來到熟悉的巷弄裡，發現站在路邊拉客的熟面孔都不見了，爲了一探究竟，他只好「破例」挑了一個不認識的小姐。邊做邊問之餘，阿昌才知道小琪和另外一些舊小姐都已經在上個禮拜被帶到南部接客了。「轟！」地一聲在阿昌的腦海中炸開，這種「完全沒有任何交代」的分別方式確實讓一個涉世未深的年輕人很難接受。雖然阿昌很清楚自己並不是「愛」上小琪了，但他心中也隱隱地感覺到，自己或許是小琪在完全絕望的黑暗中，唯一勉強稱得上是「安慰」的人，無論如何這幾個月的相處確實是他生命中很重要的一個環節，他深深地後悔著沒有把紅包袋裡的硬幣留著（拿去投販賣機了，紅包袋也扔掉了），這樣一來除了回憶之外，就眞的什麼紀念品都沒有了，如果有一天忘了，就連回憶也沒有了。

唯一可以確定的是，在往後大約一年的時間裡，小琪應該都沒再回到萬華這個陰暗的角落，阿昌衷心地希望她終究能有機會離開火坑，過正常人的生活。時至今日，每當阿昌在電視上看到一些紅透半邊天的原住民女藝人如田麗、張惠妹等人時，心中還是不由自主會浮起小琪的身影，論姿色，她確實毫不遜色，只是生錯了時代、生錯了地方，以致會遭遇迴然不同的命運。

不管怎樣，阿昌「轉大人」之後或多或少會有一種得意洋洋的心情，覺得自己越來越像個「混」的角色。在他另類的想法裡，始終覺得「嫖妓」應該是一種高尚的行爲，男女雙方各取所需，這和男歡女愛有什麼兩樣？警察如果有空抓妓女、抓嫖客，還不如多花點心思抓強暴犯，像猥褻、強姦、性騷擾這些勾當，才眞的是狗屎不如的行爲。

黑語錄

Saku——保險套。

拓堵——台語，各帶人馬談判火拚，「拓」是叫人、備齊兵馬之意，「堵」是指單一事件或戰役，拚堵即出戰之意，生死堵就是以生死分勝負的戰役。

教官說：「去把面子給我討回來！」

從來只有我們學校的敢欺負十信的，哪有十信的敢欺負我們學生？你們這次去，一定要把面子討回來！

「喂！昌ㄟ，聽說昨天有我們學校的被十信的打耶！」一大早阿昌才剛到學校，小威就興沖沖地跑來串門子，口沫橫飛地說著八卦。原來，昨天放學之後，有四個高一的跑去新北投火車站搭小火車，在車上虧了十信高職的美眉，結果就被十七、八個十信的學生在火車上嗑了爛飯。

「我們學校的被十信的打，看來這個事情眞的是大條了……」阿昌心想。在以往，復興高中在北投地區一向是最橫行霸道的學校，鄰近的珠海、十信等高職，甚至是石牌的中正高中學生，碰到了都要容讓三分，這是一項從三年級到一年級都共同認知且盡力維護的傳統。

學校裡有個當時是憲兵中校階的宋教官（他對校內治安的維護方式是：只准單挑，不准群毆），本身也是復興高中畢業的，就常常在軍訓課閒嗑牙的時候，跟新生們「分享」復興高中過往的「榮光」。以前，復興高中的學生有很多是軍系高官子弟，喜歡成群結黨、逞勇鬥狠。當時還沒有新北投火車站，公車又不發達，學生來上學的時候，都必須在舊北投火車站，由教官整隊集合，才統一步行到校。爲什麼呢？因爲，如果不集合團體行動，落單的就會被校外的不良少年砍，而如果整堆人在一起又沒有教官跟著監控的話，就會去砍外面的流氓。那個時候，復興高中就等於是一股勢力的代名詞，和北聯幫、山腳仔並列爲大屯山腳下三股最強的勢力。

不僅如此，在當時台北市的高中、高職當中，復興還跟中國海專以及「八國聯軍」（指城中區附近以開南商工爲首的八間學校）並稱爲「三強」。雖然在實施公立高中聯招之後，復興高中變成了一間「好學生比較多」的學校，「三強」這個名詞也逐漸被「東、西、南、北、中」或「二強三開」這些名詞取代（東、西、南、北、中，指的是東方、西湖、開南、泰北和中國海專，二強三開指的是強恕、南強和開南、開明、開平），然而，「復興高中是北投最強的！」卻是歷史悠久不容挑戰的神話。

除此之外，從二年級的Honda那邊也曾經聽說，就在阿昌他們的前幾屆，復興高中還曾經出現過一個「復興幫」，組織嚴密一屆傳一屆，因爲仿效眞正的黑社會幫派立香堂、設護法什麼的，終於讓校長——「地中海老烏龜」忍無可忍，要訓導主任「卵（孌）蛋」大規模開除了不少人。這一次大規模的開除行動，讓復興高中的「好勇尚武」之風元氣大傷（據說有些教官私下不以爲然，因爲「弱校外患多」，學生不能保護自己，相對地就是教官的麻煩），難怪鄰近的學校最近開始敢蠢蠢欲動了。

被打的學生，回來一定會向自己班的帶頭討救兵，而光憑一個班的力量也不可能前往十信去「討回來」（又不可能全班出動），只好以「民族大義」或「共禦外侮」的理由要求別班甚至全校聲氣互援。結果，這件事還不到中午就已經在全校傳得沸沸揚揚，包括阿昌他們這一掛在內，全一年級的男生大概一百多人決定爲了「維護校譽」出戰，由二年十三班的十幾個學長帶隊，放學後前往十信「大車拚」。

教官們在得知這個事件之後，在午休時間緊急召集一、二年級帶頭的幾個學生，不是爲了阻止，而是爲了「精神訓話」，一個當時軍階掛中尉的谷教官（學生私底下都叫他Good Boy）「悲壯」地說：「從來只有我們學校的敢欺負十信的，哪有十信的敢欺負我們學生？你們這次去，一定要把面子討回來！」頓一頓又說：「痛痛快快跟他們幹一場，但是不准帶傢伙，我們復興的學生，拳頭架會幹不贏人家嗎？」在教官室的運作之下，所有參與「聖戰」的學生下午最後一節以出公差的名義合法曠課一節，統一搭公車前往十信，還可以記一支小功（據學長說這是復興高中不成文的校規，校內互毆記大過一次，抵禦外侮記小功一支）。

下午，一百多人到達十信校門口時，還不到放學時間，一大堆人好整以暇地或蹲或坐，靜待放學時的決戰。這時，十信的校園內已經爲這件事騷動了起來，有些學生課也不上湧到走廊來看熱鬧，還跟復興的學生對罵了起來，不過倒是沒有人敢貿然走出校門做「肉砧」，這就是戰術運用的問題，十信校內愛打架鬧事的學生一定也不少，但現在是上課時間，要聯絡結盟也來不及了——誰知道會有復興這種「官生勾結」、又團結又變態的學校呢？

相信此刻十信的訓導主任一定急得像熱鍋上的螞蟻（他心裡面一定很「賭爛」，復興的教官竟然把這個燙手山芋丟到他們手裡），一旦放學鐘響，雙方的學生一定會在校門口打成一團，這麼大規模的學生暴力事件，一定會影響交通、驚動管區、鬧上新聞　復興的教官大可以兩手一攤說這是學生校外的行為，但這可是發生在十信的校門口呀！而且十信是私立學校，不像復興是公立高中有固定的招生率，萬一鬧上報紙毀損校譽，一定會影響以後的「生意」。

最後，十信的訓導主任誠不愧一官僚老狐狸耳，他決定以「喪權辱國」的方式來使這個事件「圓滿落幕」。也不知道他怎麼辦到的，帶了五、六個垂頭喪氣的學生走出校門，衝著復興高中的學生堆大喊：「這些就是昨天打人的！」其實誰也不知道

到底是不是，只見他乾淨俐落地一人賞了一個大鍋貼，然後又回頭大喊：「這樣夠了吧？」眼看著面子已經要足，二年十三班的Honda決定見好就收，他兩手拍拍跟大家說：「面子已經討回來了，回去吧！」就這樣，事情眞的圓滿落幕了耶！

其實，很多外省掛的幫派堂口，也很喜歡玩這種「展示實力」的遊戲，帶上百兒八十個小弟塞滿一整間餐廳「談判」，其實還不就是幾個帶頭的在那裡喝茶閒聊耍威風，難道眞的一、兩百人砍成一團血肉橫飛嗎？刀子錢、醫藥費、律師費 這麼多錢不如留著去酒店喝酒咧！而且，如果眞有這種氣魄和決心，其實不都可以衝進總統府搞政變了嗎？

黑語錄

春典篇——春典是外省掛黑社會的黑話，以隱密的詞語互相溝通，既可確認身分又不怕洩密，許多專有名詞，例如一到十分別是「柳、月、王、澤、宗、申、新、張、愛、矩」（所以四海又稱澤海），百、千、萬是「牌、干、草」，支票是「荷葉

走鋼索的人

」，手錶是「油子」（鑽錶是「角油子」），面子是「盤」（丟臉叫「捨盤」），歲數

叫「福壽」 族繁不及備載。

嗑爛飯——春典，爛飯就是稀飯，嗑爛飯就是吃好吞易食的飯，引申為欺負容易得逞的目標。

一個校園裡，有竹聯幫三個「徵兵處」

竹聯幫大量吸收年輕一輩的「竹葉青」，聲勢如日中天，號稱亞洲第三大幫，僅次於香港的「14K」和日本的「山口組」。

在校園中，只要你有辦法打響自己的名聲（不管是靠耍嘴皮子還是用拳頭硬幹），常常就會有一些「仰慕者」聚集在身邊，希望能過過狐假虎威的癮。本來，圍繞在阿昌身邊的清一色是「非市區」的小孩，但是人「紅」了以後，開始也有一些本來沒什麼搞頭的東區死小孩靠攏過來，期望可以托庇在大樹蔭下，其中甚至還有一些是留級生呢！

在這些留級生當中，有一個綽號「屁眼」的傢伙（因為他頭髮中分，髮梢在額前繞了兩個圈圈，大家都覺得那兩個圈圈很像屁眼），據說原本是「復興幫」外圍的外圍的小弟，在他原來的大哥因為校內掃黑而退學之後，頓時失去校園中的靠山，只好轉而尋求「學弟」的保護。不過，屁眼的出現，也爲阿昌他們這一票人開闢了豐沛的財源。

當時高中生的日常消遣場所大致就是電動間、撞球店和舞廳（嫖妓是比較另類的消遣，不足爲取），其中透過電動和撞球的機會，阿昌結識了不少北投地區年輕輩的不良份子互爲奧援，但這些都是花錢的事兒，對「組織」的壯大並沒有什麼實質的助益。倒是舞廳這一條路，卻可以是賺賺零用錢的好門道。透過屁眼的媒介，阿昌認識了一些原本復興被退學的學長，這些人由於書唸不好又不像高工、專科的學生有一技之長，只好紛紛加入了黑社會成爲外圍份子，在衆多年輕人聚集的舞廳等聲色場所混飯吃。

那個時候，台北市由於Kiss、Soho、Nasa等大型舞場的出現，讓一些小型舞廳倒的倒、關的關，所以前述的那些「黑社會新生代」就是在這種大舞廳想辦法搞錢，年輕人的腦筋動得快，他們想出了前所未有所謂「預售票」的方式，幾個兄弟湊個一、二十萬包下某個舞廳假日的早午場（舞廳的早午場本來就沒什麼生意，剛好讓晚上多半有門禁的一般高中生消遣用），然後吸收還在校內的同學、學弟，用盡各種手段推銷、販賣預售票，達到削郎的目的。

這些年輕人漸漸發展到自組工作室以更有組織、效率的方式進行包場、售票、吸收下線甚至看場子的工作，當時較著名的有「法西斯」、「納粹黨」、「一星企劃」、「鷹族」……等，率多都有著幫派背景而游走於黑社會邊緣。其中的納粹黨，就是原本復興幫綽號「鴿子」的末代「幫主」還在校就讀的時候成立的組織，但是在幫眾被大規模退學之後，卻面臨了和校園發生斷層的危機，而經由屁眼引介的阿昌一票人，剛好就填補了這個空缺。

第一次見到鴿子的時候，就聽他談起復興幫的由來和傳承：「在早期的時候，咱們復興高中出了三個超能打的『戰神級』學長，打遍台北市的學校無敵手，號稱『復興三劍客』，後來他們三個所收的小弟在他們畢業後號稱『復興十三太保』，一樣也是勇猛無匹，靠著拳頭把復興高中校內一票又一票的勢力整合起來，就成了最初期的組織『復興聯票』，大家既然聯合起來了，就開始仿效眞正的兄弟歃血爲盟，期待一屆一屆輪替下去，所以復興聯票後來又改稱爲復興血輪。」

「一直到我前三屆的學長！」鴿子接著說：「看到竹聯和四海那樣的幫派型態亂神氣的，從那時候開始就改稱爲復興幫，不但有幫主、護法等等，而且每一屆都有不同的稱號，從第一屆開始依序是青龍、白虎、紫鷹、紅鶴，而我就是紅鶴這一代的幫主。」

事實上，那個時代的黑社會可說是「竹聯、四海半邊天」，尤其是竹聯幫大量吸收年輕一輩的「竹葉青」，聲勢如日中天，號稱亞洲第三大幫，僅次於香港的「14K」和日本的「山口組」。因此，絕大多數像鴿子這樣考大學無望，又沒有一技之長的高中輟學生都加入竹聯幫，期盼給未來另闢蹊徑，正應了黑社會招收小弟時常說的：「讀書做事尋死路，打架泡妞找前途。」而鴿子所組織的納粹黨，之所以能夠在

台北市東區的舞廳橫行霸道、無往不利，仰仗的就是復興幫白虎那一代被退學的一個姚姓學長，當時這個學長已經是竹聯幫忠堂當中的有力人士，由於忠堂的堂主董桂森為了「江南案」的關係在蹲苦窯，因此作風出了名夠狠的姚姓學長就成了呼聲極高的新堂主人選之一。

爲了順利把學長拱上堂主的寶座，鴿子等人受命從高中校園裡狂收小弟，壯大實力，就是這樣的因緣際會，來自小鎭的小混混阿昌，居然得以加入當時在報紙社會版「紅」透半邊天、全國不良少年夢寐以求的竹聯幫（當時小鬼們嗆堵都以報一句「我是拜竹籬笆的」爲榮）。「原來努力考上高中眞的有更多機會當老大，阿財，你說得眞準！」在燒完香完成入幫儀式的同時，阿昌回想起阿財的話，心中不禁感嘆他的「先見之明」。

到了高一下學期快結束的時候，正是校內「權力」面臨交棒的時候，同年級的勢力也已經整合得差不多了，清一色是竹聯幫的外圍份子，除了代表忠堂的阿昌他們之外，從懷生國中畢業的一票人是至堂的，來自民生社區的另一票人則是天堂的。三股勢力分別爲了自己堂口的交代在校園中大力招兵買馬，其餘零零星星的小勢力不是被併吞，就是偃旗息鼓乖乖收兵當好學生。在三股勢力當中，阿昌他們不但從鴿子的手中接下復興幫的正統以資號召，又跟北投在地的幫派份子時有往還、默契十足，再加上透過販賣舞廳預售票削了不少郎，行情水漲船高，因此佔盡優勢，其他兩股勢力逼得必須聯合起來才勉強可以抗衡。想到暑假過後升上高二，自己就是校內的「第一人」了，阿昌忍不住從心裡笑了出來。

老師，你有BB Call嗎？

當一個老師要唸多少書？一個月了不起也是三萬多薪水吧！不但自己辦不起BB Call，還要在上課時為了學生的BB Call莫名其妙地生悶氣，真是何苦來哉？

終於放暑假了，這意味著阿昌即將揮別新生、菜鳥這種身分，爲了迎接稱霸校園的日子，他告訴自己得在暑假中好好做準備。首先，是得好好削郎，錢是一切行情的來源，尤其暑假又是學生舞會的旺季，天天放假不用侷限於週末假期，預售票當然得大賣特賣。

沒有泡在舞廳的時間，阿昌就帶著兄弟們耗在堂口裡。當時，阿昌他們的老大姚哥在仁愛路的名人巷裡，開了一間和式的茶藝館，表面上跟一般包廂式營業的茶藝館沒有兩樣，實際上根本沒什麼外來客，大多數都是道上兄弟來談事情。像阿昌他們這種新加入的小弟，每次來都是固定待在最裡面的一間大包廂，裡面除了舖著陳舊的榻榻米之外，有泡茶的茶具供兄弟們自己泡茶（不過只提供便宜茶葉，有時候連茶葉都沒有），其他還有一大堆漫畫、撲克牌，此外，榻榻米下面還暗藏玄機，最中間的一塊掀開來，下面諸如：鋼管、球棒、開山刀、小武士等等，什麼傢伙都有，槍倒沒有，那個時候黑槍還不算很氾濫，聽說整個堂口只有一把四五的，由姚哥的副手——峰哥隨身帶著。眞正動用到那些傢伙，只有三次機會。

第一次，是有人（後來聽說同樣是忠堂的）來砸場子。當時，阿昌他們在包廂內隱隱聽到大廳那邊傳來吵鬧和砸桌椅的聲音，二話不說掀開榻榻米一人挑了一把（大家很有默契地都挑了鋼管或棍棒之類，以免誤傷人命），拉開包廂門就往大廳衝去，三步併作兩步衝到了大廳，就看到有四、五個人圍著姚哥和另一個小弟，雙方不知道爲了什麼事激烈爭吵、面紅耳赤，現場除了有摔壞的桌椅和茶壺，還瀰漫著濃濃的酒味。阿昌他們七、八個人一闖到大廳，爭吵的雙方突然間都靜了下來，只聽姚哥突然大喝：「還愣著幹什麼？開扁！」話聲一落，阿昌他們就像箭一樣撲了過去，彷彿餓虎擒羊般把那堆人結結實實地卯了一頓，直到那些人縮在地上求饒說對不起，姚哥才滿意地說：「操！現在說對不起有個屁用？剛才不是很屌？馬的敢到我的場子搗亂就是這個下場！還不滾？」等到那些人連滾帶爬走了之後，姚哥才回頭對阿昌他們讚許地說：「馬的！幹得好！不愧是跟我的。走！帶你們去嗑好料、搬火山（喝酒的意思）！」說是嗑好料的，結果是到一個海產攤吃熱炒、喝啤酒，姚哥大概自知這樣的待遇一定跟大家心中所期待的落差很大，所以他又說：「不要嫌大哥帶你們吃得差，我剛入幫的時候我大哥帶我們吃什麼？炒米粉、臭豆腐，能塡飽肚子就不錯了，別說啤酒，連汽水都沒有咧！」

其實吃什麼阿昌心裡都無所謂，最重要的是他剛才又拿著傢伙扁人了，這種感覺很像是整整一年多前廟埕口砍人那一役，他清楚地體認到，自己已經成功地踏出小鎭，在混「台北市的黑道」了。

第二次，是一個驚心動魄的場面，那一次姚哥受到公司總壇的指令，帶了手下十幾個敢衝敢打的小弟，前往忠孝東路尾巴一個工地和牛埔幫的兄弟談判。大約晚上九點多的時候，姚哥和峰哥搭一部豐田的轎車，阿昌等小弟輩的則帶著傢伙分乘兩部舊舊的小貨車（馬的，又是舊舊的小貨車！）到了那個偏僻工地的時候，對方人馬已經先到了，大約也是十幾個人。一開始雙方帶頭的就談得很僵（聽起來好像是對方比較有道理，但是急於求表現的姚哥又不能給公司示弱），就在爭執不休的時候，對方突然有個人衝出來，掏出一把左輪手槍指著姚哥大吼：「馬的！信不信老子掛了你？」本來在旁邊已經站得腳酸、快打瞌睡的阿昌聽到有人敢這樣大聲辱罵自己的老大，立刻也衝上前指著那個人大罵：「幹！有種你來呀！」（黑夜中視線模糊，他以爲對方是用手指著姚哥嗆聲，根本沒看清楚他手裡有柄槍）沒想到對方還眞聽話，立刻就將槍口移過來指著阿昌，緊接著就聽到「喀」一聲輕響再聽到「碰」的一聲巨響。一陣熱風襲來的那一瞬間，阿昌雖然尿不急但是也嚇得幾乎要飆出尿來，但定下心低頭一看，全身卻毫髮無傷，再抬頭一看，雙方人馬都已經愣住了，而那個開槍的棒槌……則跪在地上哀嚎連天，右手一片血肉模糊——原來，這傢伙不知道從哪裡弄了把土製左輪，扣了第一下扳機就卡彈，居然還不知死活又扣第二下，結果就膛炸了。

那麼大一聲「槍響」，勢必會引來條子查看，所以雙方互相簡短地撂下幾句狠話之後，就迅速地脫離現場。回到堂口之後，姚哥當著衆兄弟的面對阿昌讚不絕口，說他「忠心護主」，不愧是忠堂的兄弟，還說會報上總壇給他「升級」。果然，過沒幾天姚哥就宣布阿昌已經升級爲忠堂的「十大護旗」之一（其他九個是誰？到底存在與否？阿昌一輩子都不知道！），護旗其實就是堂口裡面打手級的小組長之類的玩意兒，這一套在十七、八歲的小混混世界裡還滿管用的，畢竟流氓也是有榮譽感的。「老子是竹聯幫忠堂的護旗！」往後跟人家「嗆堵」就可以這樣自報名號了，阿昌天眞地以爲自己已經是老大級的人物（至少已經是初級班的了），是有資格「出來帶」的人物了。

走鋼索的人

第三次動到堂口裡的傢伙，是一個糊裡糊塗、噁心巴拉的場面。姚哥有一個同村子出來的鐵哥兒們，大家都叫他小飛（阿昌他們叫「飛哥」），據說是松聯幫豹堂的「槍手」，就是那種「拿錢辦事、沒血沒眼淚」的角色。小飛偶爾會來堂口找姚哥，總是開著昂貴的BMW雙門跑車，人很沉默，常常是姚哥在高談闊論、哈拉打屁，而他只是靜靜地聽著，就算開口也都只是嗯嗯啊啊、對呀、好啊等等一兩個字。姚哥私底下對他的描述是：「像小飛這種槍手，用不完的槍、用不完的錢，話少、朋友少，內心裡是又冷靜又瘋狂（馬的，眞是矛盾又變態），看起來面無表情其實很容易生氣，反正就是很容易黑白想啦！我雖然跟他是十幾年的鐵哥兒們，跟他坐在一起有時候還是會寒寒的！」

那一次，小飛帶著一個貼身小弟到離姚哥堂口不遠的一個賭場開槍示威，沒想到對方早有準備，就在他開完槍轉身下樓時，卻發現已經有三十幾個「全副武裝」的少年仔在樓下堵他了，插在腰後的槍還沒來得及拔出來，「刀浪」就已經捲了過來……

當小飛的小弟滿身是血跑來搬救兵時，姚哥二話不說帶著所有兄弟抄傢伙傾巢而出，大伙兒趕到現場時，只剩下「支離破碎」的小飛躺在地上（眞的是支離破碎，頭被砍到只剩下一層皮連著身體，看了眞的令人反胃），看到這個場面，姚哥立刻作出決定：「啊！已經死了？那就是條子的事了，我們撤！」聽他這麼冷靜地講出這些話，眞的很難想像，躺在前面那個殘破的屍體，是他十幾年交情的鐵哥兒們。

總之，這個暑假阿昌看了很多也學了不少，最重要的，是削了不少郎。除了舞廳的收入，在他升了護旗之後，姚哥還指派了一個「美差」給他——送檳榔，送一趟可以賺五千呢（可以去好幾趟華西街）！不要小看送檳榔的差事，那一段時間檳榔大漲價，成了綠色黃金，運送時甚至還常有「搶檳榔」的情況發生，而阿昌他們就等於是檳榔的保鑣，每次都要兩人一組，騎著堂口的公務車——白色名流一百（斜板那種，那個時代很屌），後座那個提著兩大麻袋的檳榔四處分送，坐墊下面還藏著兩把開山刀。又或者，跟著姚哥或峰哥去收帳，只要敲敲桌子、踹踹椅子及罵罵人，也可能分個一、兩千塊零用錢。就這樣，短短兩個月的時間，只是高中生的阿昌至少賺了五、六萬塊，除了吃喝玩樂之外，他甚至還辦了一支BB Call，那個時代，大哥大還只是很大一陀「手提電話」的階段，一支十幾萬根本沒什麼人用，而辦好一支BB Call也得花到九千多塊咧！那時候眞的是很奢侈的配備，只有一些老闆級的人物或愛現的流氓才用得起，阿昌自覺自己至少是個「小老大」了，爲了跟一般小混混區隔，一咬牙就給它辦下去了。

開學後上課第一天，課上到一半，阿昌腰際的Call機突然「嗶嗶」地響了起來，台上正在「膨風」的老師立刻一瞪眼罵道：「誰在玩電子錶？」同學們的眼光紛紛指向阿昌，他才慢條斯理地舉手說「不好意思，老師，有人Call我！」這一刻，他看著老師又妒又恨的眼光，不禁想到，當一個老師要唸多少書？一個月了不起也是三萬多薪水吧！不但自己辦不起BB Call，還要在上課時爲了學生的BB Call莫名其妙地生悶氣，眞是何苦來哉？還是混流氓好，夠神氣，削郎快，而且還是邊賺邊玩呢！但是，那個年紀的他根本想不到，流氓能作多久？一個人一輩子可以勇猛多久？甚至檳榔會漲價多久呢？

黑語錄

搬火山——春典，搬有吃、用之意，如搬火山或搬草山，火山是酒，草山是煙。

念郎——春典，念有缺、少之意，如念草山（缺香菸）、念吐（少說話），郎就是錢，借錢叫擋郎，賺錢叫削郎。

走鋼索的人

曇花一現的初戀

也許，一場完整的愛戀，應該就是從兩個並肩而行的身影開始的……

坐在回家的公車上，阿昌無言地看著車窗外，一頭用浪子膏梳得筆直豎起的浪子頭、跟白紙一樣雪白的卡其制服（依然是控巴喇褲），讓人一眼就看得出來這個高中生絕非善類，雖然公車是那樣地擁擠，卻沒有人敢坐到阿昌身邊的空位。不過，神氣歸神氣，在霸道的背後，阿昌的心中卻有著一種可能連他自己都很難察覺的寂寥……

身邊的死黨諸如阿華、小威，在唸了一年多的高中之後，已經逐漸被東區死小孩同化了，而且他們對黑社會的憧憬本來就遠不如阿昌那樣堅定，在有了一定的神氣條件後，他們並不打算再繼續往上爬（反正有著阿昌這棵大樹遮蔭），原本阿昌苦苦訓練他們悍勇敢拚的氣魄，這時候也轉換成愛玩耍帥的氣息了。相較之下，像阿華、小威這樣的形象在校園中反而比較像吃得開的那一類，把馬子也容易得多，而像阿昌這種「土直、土直」的硬漢角色，只會讓女同學害怕，根本不會崇拜他。也因此，當死黨們身邊有著馬子陪伴時，阿昌就顯得孤單許多……

下了公車，阿昌斜背著長度拖到膝蓋的書包獨自走著，突然，背後傳來了一聲清脆的呼喊：「學長！」阿昌絲毫不為所動，「又不可能是叫我！」他心想，高中二年級念到現在，他只聽過人家叫「大ㄟ」，還沒聽過文縐縐的「學長」。突然，銀鈴般地聲音又傳來：「學長！陳瑞昌！」既然指名道姓了，說不得也只好回頭看看了，一個嬌小的身影快步地追了上來，走近一看，才發現是國中時就已經認識，比阿昌小一屆的學妹蓉蓉。

看她幾乎上氣不接下氣，阿昌忍不住問：「慢慢走就好了，看妳喘得這樣。」

穿著「育達」制服的蓉蓉有點埋怨地說：「阿人家有在後面一直叫你呀！阿可是你就也不回頭一直走啊！」邊說邊嘟起了小嘴，模樣可愛極了，那種感覺，就像是剛出道時的酒井法子。一時之間，阿昌也眞不知道該怎麼解釋，自己一直是校園中的「

公害」，根本沒聽過任何人（尤其是女生）叫他學長。

聽著蓉蓉有點台灣國語的小鎮口音，阿昌感到一種說不出的親切，可能她唸育達還沒多久，還沒被東區死小孩同化，他接著問：「你跟我搭同一班公車喔？」

蓉蓉睜著大眼睛興奮地說：「對呀對呀！我到市內念育達好幾個月了，第一次在公車上碰到認識的，本來一直想跟你打招呼，可是你看起來好兇，一副壞人的樣子，我……我不敢在公車上跟你『相認』！」這麼坦白而直接的「傷害」，眞的讓阿昌又好氣又好笑。

「那現在咧？不怕我是壞人喔？」不知道爲什麼，心中突然升起的一種異樣的感覺，讓阿昌由衷地希望兩人的對談永遠也不要停。

「厚……阿你沒在聽我說話喔？人家不是怕壞人，人家是不好意思跟壞人『相認』，我國中就知道你是出了名的惡棍了。」看著蓉蓉微嗔的模樣，縱然阿昌自許是一條鐵打的漢子，也禁不住要軟化。

話題硬凹到這哩，阿昌也眞不知道該怎麼延伸下去了，缺乏經驗的他，又不像那些情場老手總是懂得看場合找話題。

有些尷尬的靜默大約維持了三十秒鐘，結果還是蓉蓉打破了沉默：「怎麼辦咧！人家本來兩站之前就該下車了……」

笨拙的阿昌本來要說：「我陪妳等公車坐回去」，幸好蓉蓉比他還先開口：「不然這樣啦，學長，你陪我走回去好不好？現在這麼暗了耶！」

「陪妳走回去，當然沒問題囉！不過……可不可以不要再叫我學長？聽了亂不習慣的。」

「我就是要叫你學長，怎樣？學—長—！」說完，蓉蓉似笑非笑地皺皺鼻子，刁蠻而俏皮的神情，讓阿昌只能無奈地聳聳肩，完全地投降。

也許，一場完整的愛戀，應該就是從兩個並肩而行的身影開始的……

在刻意放慢的步伐中，兩個站牌的距離走了大約半個小時，途中，大部分是喜歡嘰嘰呱呱的蓉蓉聊著自己的新生見聞，間或追問阿昌的高中生活，阿昌只能揀一些「不太重要」、「沒那麼嚴重」的事情跟她說，大約也就是一些舞廳的事或校園中打打鬧鬧的趣聞。

到了蓉蓉家的樓下，阿昌縱然有種萬般的不捨，但是他再笨也知道自己應該鼓起勇氣把握機會：「該我問怎麼辦了，有什麼辦法天天在公車上『巧遇』呢？」

「阿你很想天天遇到我喔？」蓉蓉笑著說，女人都很喜歡這樣明知故問嗎？

「當然！」阿昌回答得斬釘截鐵，男人還是要適時地展現他的「決定權」。

「嗯……我今天是因為去西門町買東西才會跟你同車的，其實我每天放學後都在南京西路赤峰街那一站換車，我們就約在那裡一起搭車吧！」雖然那一站對阿昌來講根本不順路，但是……男人嘛！就算走個幾里路又怎樣？

就從第二天開始，回程的公車不再孤單，事實上，由於從北投的復興高中出發到約定的站牌，要比從南京東路的育達商職久得多，所以每天阿昌都固定得要提前翹一節課出發，但是到了那兒又太早，只好大多在附近的電動玩具店消磨時間（畢竟，一個流氓站在公車站牌下等人感覺眞的很奇怪）。

「或者這就叫做交往吧！」好幾次阿昌在心裡這樣告訴自己，過程中的每一個細節都讓他印象深刻，並肩坐著時，蓉蓉第一次把頭靠在他的肩膀上，過馬路時，第一次牽著她的手，在舞廳裡，第一次摟著她的纖腰跳慢舞，不知道爲什麼，老早就在華西街「了解」女人的阿昌，面對蓉蓉卻是那樣地小心翼翼，或許是因爲「剛毅木訥」的他根本不懂得怎麼用溫言軟語示愛，只好藉著一些需要細心才能觀察得到的關懷，讓蓉蓉了解，他很在乎，甚至是依戀。

不過，阿華跟小威等等死黨倒是滿配合的，只要是有碰到蓉蓉場合，總是滿口「嫂ㄟ、嫂ㄟ」的亂叫（說實在的，他們也衷心樂見阿昌變成「正常人」了）。雖然是戲謔性質的「敬稱」，不過小女孩兒的蓉蓉聽在耳際也覺受用，畢竟，男人的神氣就是女人的驕傲——沒有大哥，哪來大嫂呢？

走鋼索的人

深秋的一個星期六午後，今天剛好是蓉蓉的生日，阿昌把位於育達商職對面的Soho舞廳整場包了下來，爲她慶祝生日，一大票兄弟們以及蓉蓉的同學們也都來「共襄盛舉」。在包廂裡面切了蛋糕、吹了蠟燭之後，識相的第三者們就紛紛地藉詞離開包廂出去跳舞Happy了，包廂裡面只剩下男女主角——阿昌和蓉蓉。

不知道爲什麼，平常滿愛聒噪的蓉蓉今天顯得特別嬌羞，她小小聲地說，蚊子般的話聲幾乎被音樂聲蓋過：「幹嘛對人家這麼好？包整場很貴喔？」傻愣愣的阿昌不知道該說些什麼，只好擺出不太在意的表情聳聳肩，表示「這一切都是應該的」。「其實……」蓉蓉緩慢而輕聲地說：「我是希望，生日的時候只有我跟你的……」心中充滿愛意的阿昌，終於鼓起勇氣想溫柔一下，他坐近了蓉蓉，輕輕地握住她的小手說：「我就是想給妳一個值得回憶的生日，妳看，我們現在不就是只有兩個人嗎？」本來想要順勢吻蓉蓉的，可她卻低下了頭，只好退而求其次，輕吻她的額頭。

當阿昌的唇碰到蓉蓉的額頭時，她彷彿觸電般全身顫動了一下，閉起了眼睛仰起了頭，兩人熱火般的唇和舌糾纏在一起。吻並沒有持續很久，大約只有十幾秒鐘，兩人緊緊相擁，沉浸於甜蜜境界，彷彿全世界眞的只剩下他們。此刻，包廂的門卻殺風景地響起了急促的敲門聲，門外傳來小威焦急的呼喊：「大ㄟ！大ㄟ！快出來啦！有人來鬧場啦！」馬的，特地包的場子還有人來鬧場？到底是哪個瞎了狗眼的？

身爲老大，阿昌縱然萬般不捨也只好先撇下包廂裡的蓉蓉來到外場，原來是一票鷹族的大約二、三十人，星期六下午「念郎」（缺錢）沒地方去，想來跳「拜拜」的（意指跳舞跳免錢的，像吃大拜拜流水席一樣），平常週六下午舞廳沒什麼生意，如果沒人包場的話倒是不會拒絕這些舞廳常客（阿昌他們也常幹這種事），但是今天是阿昌用錢包下了場子，而且又是蓉蓉的生日意義非凡，怎麼容許這些牛鬼蛇神來搗亂、破壞氣氛？

雙方從高聲叫罵到大動干戈，是必然的發展，而且阿昌在人數、道理上都佔優勢，不開扁就太遜了！由於打得太投入，一時之間他居然忘了今天是來給蓉蓉慶生的，而女主角還在等他呢！打呀打的，雖然打得對方大敗而逃，但是阿昌這邊也有不少人掛彩，阿昌自己的頭殼也吃了一記煙灰缸，鮮血長流，就在他回頭想要找個什麼擦擦臉上的血時，赫然發現蓉蓉竟然就哀怨地站在他的身後，眼神中交織著心疼和不爽，她沒說什麼，只是默默地拿出一包面紙，幫阿昌拭去臉上的血跡，然後才輕聲地問：「很疼喔？我去幫你買藥水和OK繃？」阿昌一方面爲了面子，一方面不希望她擔心，只是故做輕鬆狀地說：「不用啦！比這個嚴重的我都沒在擦藥了。」從這一刻開始，一直到Party結束，蓉蓉都顯得鬱鬱寡歡，即使是笑也笑得很勉強，身邊的阿昌只能乾著急，身爲大哥的他，總要照顧全場、按捺兄弟，怎麼可以一直賴在馬子身邊討她歡心呢？事實上，舞會也是因爲大伙兒看出氣氛不對而草草結束的。

在回程的路上，蓉蓉彷彿心事重重都不說話，不管阿昌怎麼逗她或試著探詢都無法改變狀況，到最後他索性也不說話了，世界……就這樣跌入了無聲的境界。兩人默默地並肩走著，直到蓉蓉家的樓下，她終於打破沉默：「你常常這樣跟人家逞勇鬥狠嗎？」無言地點了點頭，阿昌選擇默認（經過一個小時的沉默，基本上他的語言能力還沒完全恢復）。看到阿昌的沉默，蓉蓉更顯得焦急：「爲什麼要這樣打打殺殺呢？難道你不知道人家會擔心嗎？」阿昌反問：「那難道你不希望自己的男朋友很神氣嗎？」突然間，蓉蓉的眼眶迸出了淚水，她哽咽地吶喊：「我是喜歡你很神氣，但是神氣一定要打打殺殺嗎？」

面對蓉蓉的質問，阿昌眞的不知所措，一時之間眞的沒辦法說服她，神氣本來不就是要用拳頭打出來的嗎？他只能有些吞吞吐吐地說：「可是……妳國中的時候，不就已經知道我是這樣的人了嗎？」

「那時候我們都還小！」蓉蓉說：「可是你都沒有想過未來嗎？」「未來？又是未來！」阿昌心裡想：「以前阿財也說未來，現在蓉蓉也要跟我說未來？爲什麼老是要用未來這個枷鎖套住我？」眞的很奇怪，通常跟你感情越深的人，越覺得自己有資格去干涉甚至規劃你的未來，這未必是錯誤的，但眞正要做到一夜之間的改變，卻是根本不可能的事。

看著阿昌突然沉默下來，蓉蓉以爲事情有了轉機，誰知他卻緩緩開口說道：「我不知道未來會怎樣，但現在我就是選了這條路，我知道自己不可能是一個神氣到上台領獎的學生，但我絕對有信心當老大，哪怕要經過無數次的頭破血流。」其實，阿昌如果稍稍多一些感情危機處理的經驗，就應該知道，這時候如果繼續圍繞著同一個話題爭辯下去，就只是無意義地鑽牛角尖罷了，或者，只要一點點花言巧語，甚至是一點點善意的謊言，事情就會有不同的結果，但是，他眞的做不到，對自己都沒辦法誠實的人，有什麼資格做老大？

然而，蓉蓉又怎麼體會得到阿昌心裡的掙扎呢？她像絕大多數的情人一樣，給感情代入了二分法：「你的想法，眞的很自私，也許平安無事在一起的時候眞的很快樂，但要是發生什麼事，你想過爲你擔心哭泣的人嗎？我不管，當老大和愛我之間，你只能選一樣！」在感情的世界裡，每個人似乎都習慣於高估自己的重要性，阿昌和蓉蓉也免不了犯了同樣的錯，總以爲，自己的存在可以去說服對方什麼，改變對方什麼……

也許，一場完整的愛戀，應該就是在開始賭氣的時候，劃上句點的……那一天，蓉蓉最後只說了一句：「你眞的給了我一個難忘的生日。」便默默地轉身上樓。之後，阿昌撥給她的電話總是蓉爸或蓉媽接，她不是還沒回來就是已經睡了，雖然阿昌依然每天到赤峰街等車，希望能再有「巧遇」的機會，但是總在夜幕低垂之後，黯然地獨自回家，那一年的冬天，似乎來得特別早，寒風中，等待的身影顯得特別悽涼。就這樣，一個決絕地躲，一個茫然地等，唯一改變的事實是——因爲沒有到萬華換車，阿昌竟因此戒掉了嫖妓的壞習慣。

好多年好多年以後，劉若英唱了一首「後來」：

「你都如何回憶我，帶著笑或是很沉默，這些年來，有沒有人能讓你不寂寞？後來，我總算學會了如何去愛，可惜你早已遠去，消失在人海……有些人，一旦錯過就

走鋼索的人

不再，永遠不會再重來，有一個男孩，愛著那個女孩。」每當聽到這首歌曲，阿昌忍不住就會想起，那一段曇花一現的初戀。

媽的，眞的被退學了！

我們既然打出了復興幫的旗號，如果不能一統天下，會被前輩笑的！

在學校裡面，打架鬧事的次數多了，「官方」開始覺得阿昌是個令人頭疼的傢伙。一般來說，校方無論是訓導處或是教官室，都會默認（甚至是培植）校內有一個帶頭的學生，畢竟，一個在學生當中「說了算」的人物，對於維持秩序以及和平來說，是再方便不過了，事實上，比阿昌大一屆的Honda就一直努力扮演這個角色，而終於能夠安然畢業。然而，到了阿昌他們這一屆，由於幫派勢力大量滲入校園，竟因此讓復興高中進入了三分天下的戰國時代。

雖然三股勢力當中，阿昌他們一直佔著優勢，但是這種不具決定性的優勢卻又讓他們無法兼併、統一其他兩掛人馬——三方面人馬其實早就在校外別過苗頭，但雖然分屬不同堂口，終究同樣是「竹公司」的，因此校外的大哥們也沒辦法多插手，只能睜隻眼閉隻眼，含含糊糊地說些「學生的事學生自己解決」之類推託的言詞。就這樣，三方面的人馬在校內不時有著零零星星的衝突，而主要起釁的多半是阿昌他們（這種狀況有點像三國時代，實力最強大的曹魏因爲想一統天下，而不斷發動戰爭），也正因爲這樣，阿昌他們這一票校內惹事精似乎就成了教官眼中「安定不足，搗亂有餘」的頭痛傢伙。

高二下學期一開學，主任教官就把三掛人馬的首腦人物都叫到教官室訓話：「你們這些個渾蛋！打打鬧鬧很有趣嗎？一定要把學校裡面搞得烏煙瘴氣嗎？我現在給你們分清楚……」說是訓話，其實是變相的「分地盤」，阿昌跟阿華的班級在二樓，所以二樓就是他們的地盤，而其他兩掛人馬都是四樓的，所以四樓成了阿昌他們不得染指的禁地，三樓沒什麼混的角色，是雙方的「緩衝區」，至於一樓的學生是第三類組的，成績優異將來要考醫學院的那一種，教官說：「一樓學生是校長的心肝寶貝，嚴禁你們去招惹！」

這樣子分地盤的方法，表面上看來，阿昌他們一掛分了一層樓，似乎佔了便宜，但實際上根本吃了大虧——一直以來，阿昌根本就視全校是他的地盤，事實上，小威的班級在四樓，他就另外帶了一票兄弟，現在四樓成了禁地，他有事的話，阿昌要不要上樓挺他？難道叫他轉班嗎？而且，每天上學、放學的時候，四樓那些人還不是要經過二樓上上下下，說是自己的地盤卻得讓人來來去去，這種算盤怎麼打也不划算嘛！爲此，阿昌他們「三巨頭」在某天放學後，齊集教室中召開緊急會議。

小威首先發言：「馬的！現在四樓的人都不信我們了，這樣下去，舞票在四樓就沒得賣了！」

阿昌恨恨地說：「操！這些見風轉舵的傢伙，馬的不知道哪個蠢教官想出這種爛步數，阿華，你怎麼看？」

阿華想了想說：「本來咧！大家痛痛快快幹一場拚個你死我活，是最直接的辦法，根本不用管教官怎麼分，把他們打趴了就沒什麼二樓四樓的分別了。」

阿昌說：「要打趴早就把他們打趴了，問題是，除非是分生死，只要他們繼續活蹦亂跳，還是有起碼的號召力，結果只是同樣的戲碼又重演，再被叫去教官室削一頓罷了。而且，教官室早就給我們『點油作記號』，你們都已經兩支大過了，我也兩大兩小留校察看了，再有什麼大動作，恐怕就得Say Good-Bye了。」

想了又想，阿昌作出最後的決定說：「我們是忠堂的，他們是天堂、至堂的，就因爲同樣是竹公司的，才會有差不多的號召力，我們要改變策略，從現在起，我們正式扛起『復興幫』的大旗，馬的，唸復興高中誰敢不信復興幫，馬的他們乖乖歸順就罷了，不肯歸順說不得就眞的要大幹一場了，我們既然打出了復興幫的旗號，如果不能一統天下，會被前輩笑的！」

正如前文所述，復興幫曾有前四代：青龍、白虎、紫鷹、紅鶴，阿昌他們既然決定接續這個傳承，當然也得想出個代表第五代的稱號，但是龍呀、虎呀什麼的神氣動物都被前輩用去了，他們該叫做什麼呢？

小威說：「叫銀狐怎麼樣？」

阿華──頭說：「不好不好！狐狸是奸詐的動物，我覺得黑狼比較好！」

阿昌說：「哇靠！那會不會讓人家覺得我們是色狼，誤以爲我們是北投之狼？我想，金獅應該不錯咧！」

誰知道阿華跟小威一起搖頭，異口同聲說：「太像國術館了吧！」

想來想去沒有個結果，阿昌不耐煩地說：「馬的！憑什麼他們可以稱龍我們不行？現任的老大是我，我說了算！我們就叫……就叫紫龍！馬的老子也不要叫幫主了，以後我就是龍頭，你們就是左右護法！」

爲什麼阿昌臨時會想出紫龍這個稱號呢？因爲當時正好有一個超紅的日本卡通──聖鬥士星矢，裡面有個帥斃了的角色就叫紫龍。

復興幫已經「復興」的消息很快地就在校園之內傳開，這一招眞的很有效，學校裡絕大多數的學生未必敢加入像竹聯幫這樣的眞正黑幫，但是像復興幫這種純屬學生

走鋼索的人

的「另類社團」卻最適合一些喜歡神氣或缺乏歸屬感的傢伙，一時之間，原本還在觀望的「游離票」或是見風轉舵之輩，全都蜂湧而入，不論是一年級或二年級的都支持這根旗子，甚至阿華的馬子還帶了一票女生班的入幫咧！至於其他兩掛人馬，則是「人口銳減」，只剩幾隻已經磕頭入堂口的小貓，幾乎已經到泡沫化的地步了。

不過，正所謂「你有張良計，我有過牆梯」，其他兩掛人馬的頭頭覺得自己被趕盡殺絕了，繼續留在復興唸下去也沒意義，於是動了「同歸於盡」的歹毒念頭，就算轉學也要把阿昌他們拉下水，大伙兒一鍋熟。

要挑釁阿昌這種容易發怒失去理性的人，其實是很簡單的。

有一天，「啦啦隊」（這個人由於也來自小鎮，所以他雖然沒什麼膽量跟戰力，不過阿昌念在同鄉之誼，一直罩著他）怒氣沖沖地跑來跟阿昌告狀，原來是有人虧他的馬子，企圖橫刀奪愛。

本來，這種男歡女愛的感情糾紛，阿昌是根本不管的（因為他自己感情學分也不

及格），但是一聽到對方是誰，他就無名火起，覺得非好好教訓對方一頓不可。

那個傢伙叫做何守爲，是學校中出了名的抓耙仔、擺道王，專門跟教官打小報告，由於來自民生社區，跟天堂那一掛的人馬走得很近，基本上也算是他們用來排除異己的一顆棋子。早在這個何守爲還在唸一年級的時候，就曾因爲擺道害一個學長被記過，結果學長畢業當天就帶人在校門口狠狠地海K了他一頓，還打斷了一條腿，他整整一個學期拄著枴杖上下課，得了個外號叫「秘雕」。事實上，阿昌身上背的大過也有一支是這個大嘴巴貢獻的——第一節下課揍了他，第二節下課他就去教官室擺道，第三節阿昌就被廣播到教官室寫悔過書、記大過了，記過通知還寄到家裡，害阿昌被老媽唸到幾乎爆血管。

別人亂虧馬子也就罷了，偏偏是這個人人得而誅之的校園擺道王，阿昌咬著牙說：「馬的，希望他的枴杖還沒丟掉！」不過，阿昌雖然衝動可也不是個草包，一來他知道何守爲跟敵對人馬的關係，這極可能是一個圈套；二來今時今日阿昌是什麼地位，要K何守為這個秘雕還需要他親自動手嗎？因此，那一節下課，阿昌特地挑了一個剛入幫、漢操特好而又急於求表現的一年級新生「爛學弟」（因為他很不愛乾淨，滿臉痘痘像是被硫酸潑過一樣，所以叫他爛學弟，他的本名叫做……呃！好像根本沒問過他叫什麼！），要他執行「替天行道」的任務。

阿昌問爛學弟說：「馬的，你身上沒背大過喔？」

爛學弟必恭必敬地說：「報告龍頭，我只有兩支小過，不怕記大過！」

阿昌說：「那很好，那個秘雕就交給你好好給他練身體了，揍過這個擺道王，以後你就『慶呱呱』了，給我狠狠地K，反正踹一腳也是大過，卯一頓粗飽的也是大過。」爛學弟就此領命而去。

也不知道爛學弟哪來的妙計怎麼弄的，據說他居然有辦法讓那個何守為先出手打他（可能秘雕自覺是學長，教訓學弟天經地義，哪知道會踢到一頭咬死人的猛犬），結果不但立刻被爛學弟海K到鼻青臉腫，告到教官室也被定罪為「互毆」，兩個人都要寫悔過書，但是卻不用記過。

中午吃飯時間，四樓的人馬就踩下來了，雖然不到十個人，馬上就被團團圍住，不過他們帶頭的一個叫「戴肥」的倒眞的是個硬角色，他毫不緊張地質問阿昌：「何守爲是我們的人啦！又沒得罪你們，幹嘛叫人K他？還叫一年級的來喔？你們二年級的沒人會打架了喔！」

阿昌心想他大概也是硬著頭皮來出頭的，一點面子也不想留給他：「馬的，聽說還是那個跛腳的秘雕先出手的不是嗎？連一年級的都打不贏，這麼肉腳還敢學人家虧馬子喔？下次他再亂虧，馬的我讓你們整掛人都有事！」

詞窮的戴肥一時無言以對，又不能示弱，只好含糊地說：「幹！馬子本來就是大家把的啦！各憑本事啦！」

講到這裡，阿昌覺得根本沒必要再說下去了，「碰」的一拳就卯下去，由於談判地點就在廁所，結果戴肥居然就直接跌在小便斗上，當場大家就笑了出來，連他自己的人馬都忍不住偷笑，阿昌心想，這下看你還有臉在復興混下去嗎？眼看戴肥怒不可遏揮拳要衝上來，阿昌更覺得好笑，嘴上卻說著：「幹！你那麼臭，回去洗洗再來啦！」

就在大家覺得好笑的時候，教官突然間衝了進來，原來是因爲忙著看戲，連把風的都忘了要注意，結果就讓教官以迅雷不及掩耳的速度抓個正著。看到現場的狀況，教官大吼：「這麼多人圍在這裡幹什麼？打架呀？陳瑞昌！戴志則！跟我到教官室！」他一眼又瞥見發愣的小威手上居然還點著半根煙：「你還抽煙呀！來來來，一起來報到！」

到了教官室，阿昌倒是覺得沒什麼，戴肥雖然現在勢力一蹶不振，但總是個「出來帶」的，難道還能像秘雕那樣跟教官告狀說自己挨打嗎？

教官看戴肥那麼狼狽，身上又透出尿味，就先問他：「你被打啦？」

按道理講，以戴肥的身分他應該嘴硬否認到底的，沒想到他居然毫不猶豫地說：「是！教官！剛才陳瑞昌打我！」別說是阿昌，連教官聽到他講得這麼阿沙力都大吃一驚。

剎那間，阿昌就像是五雷轟頂一般，人證（戴肥）、物證（戴肥袖子上的尿漬）俱在，看來這次眞的要跟復興高中Say Good-Bye了，眞不知道回家要怎樣見爹娘了。

「馬的！早知道也讓他還個手，變成互毆就好了。」阿昌心想。

就這樣，阿昌才剛一手建立起校園中的霸業，卻面臨要被退學的命運，更倒楣的是小威，抽煙現行犯也被記一支大過，一樣也是犯滿離場。

本來是要立刻退學的，可是阿昌的爸媽到處找關係講情，學校才從退學網開一面改為學期末勒令轉學，這樣至少到了別間學校不用重唸二年級，回到家阿昌倒是沒什麼挨罵，大概父母已經對他萬念俱灰了。

至於戴肥呢？由於發生了跌落尿斗事件，威名盡掃落地，又加上在教官室告狀被貼上了抓耙仔的牌，受不了被大家在背後指指點點（阿昌他們則是一出教官室就給他當面漏氣），而且免不了阿昌一定會報復的，所以他雖然不用退學，卻早早地就辦休學不唸了，聽說他休學後也沒繼續唸書，成了天堂的外圍份子，後來還染上了毒癮，從來沒有在報紙或電視上看過他，所以應該是既沒有當老大也沒有被砍死。

學期末最後一天，阿昌早早地就到了學校，先是跟小威一起到秘雕他們班把他拖出教室狠狠地大K一頓（揍到他的臉腫得像貼了半顆泰國芭樂），然後就回教室找阿華談話：「以後兄弟們就交給你帶了，票好好賣，有什麼事我會回來撐你的。」

其實阿昌知道，戴肥休學之後，手下的人馬都投到至堂那一掛去了，以阿華的能力，看來以後兩雄對立是免不了的局面，這些事他也管不著，因爲他自己也即將面對另一個未知的局面了。

帶著武士刀上課的夜校生

他早就料定了這些東區死小孩除了敢打打必勝的圍毆架之外，看到刀子就要縮半截……

雖然被退學了，可是阿昌的爹娘可不許他就此沉淪，怎麼也要逼他「至少把高中唸完」。老爸七找八找地找關係，希望找一間不算太爛的私立學校收容阿昌這種半途退學的垃圾學生，總算有個朋友跟中興高中的校董滿熟的，而阿昌高中生涯的最後一年，就得在這間學費超貴的學校度過了。

暑假開始沒多久，就收到「入學考試」的通知，阿昌心想：「馬的！明明是交錢就能唸的九流學校，還考什麼入學考試呀？」本來不想去的（反正沒考也一定能入學），可是那幾天偏偏老爸很有空都在國內，硬是押著阿昌去考試。

走鋼索的人

第一次踏入中興高中的校園，阿昌心中驚異的程度完全不亞於第一次看到復興高中時：「哇！好小呀！」想不到這麼小一個地方居然也能辦一所高中，除了五層樓高的教室之外，這樣的佔地面積其實開一間幼稚園還差不多，聽說學生們上體育課還得帶隊到學校後方的「朱崙公園」上課。一起考入學考試的，大約有兩、三百人，全部都跟阿昌一樣是被各個高中半途退學的混混學生。令人感到諷刺的是，當入學考試放榜時，第一名的總分是三百二十分（這是四科的總分），而阿昌居然考了第二名，總分九十七分。考完筆試，還得到教官室「面試」，總教官看到阿昌，只有帶著無奈的表情說了幾句話，他說：「陳同學，我跟你們復興的宋教官很熟，你的大名我老早就聽過了，這個……三年級了，呃……好好唸書吧！」

透過老爸找的關係，從暑期輔導開始，阿昌被分到全中興高中唯一的升學班——三年忠班，這個班級匯集了全年級成績比較「有希望」的學生（實際上也只有這一班需要暑期輔導），導師小秉整天在腋下夾著一根「粗壯」的木棍監督著大家，眞的讓人難以相信，都已經是高中生了，居然還有學校在實行「板子教學」的，不過阿昌倒是從不擔心板子會打到自己身上，再怎麼說自己是公立高中轉來的，所謂「爛船也有三斤釘」，要在這種學校混個中上的成績，太輕易了！

然而，就在參加暑期輔導才一個禮拜的某個清晨時踏入校門，赫然發現副校長居然在門口監督學生們的服裝儀容，每個學生看到他還得鞠躬敬禮（天哪！這裡是國民小學嗎？），穿著休閒鞋、吊兒郎當的阿昌一進校門就被他叫住，只聽他大聲咆哮：「你這個學生怎麼這麼沒規矩？看到師長也不會行禮？你穿那是什麼鞋子？學校規定上課要穿黑皮鞋？你這樣亂穿我要記你小過！」

阿昌按捺著性子解釋自己是剛轉學過來的，並不清楚學校規定，原本以爲這樣總該可以進去上課了，沒想到這隻死老猴還不罷休，繼續忘我地咆哮：「你是轉學的又怎樣？像你這種垃圾學生，哪有資格來唸我們的升學班？」

「馬的！」阿昌終於按捺不住一股無名火起：「幹ＸＸ的死老猴！你是皮癢欠電

走鋼索的人

喔？馬的你以爲老子愛來唸你們這間爛學校喔？」

平常作威作福習慣了的副校長登時又驚又怒，氣得快說不出話來：「你造反啦？這是什麼態度？」說著竟然高高舉起右手，想要一個耳光巴下來。

「你試看看啊？」阿昌冷然斜睨著面前的老怪物：「你最好有自信打得贏我！」

就在副校長高舉著的右手不知道該怎麼擺的同時，上課鐘適時地響了起來，他趕緊順勢一指教室說：「快進去上課！明天不准再亂穿鞋子來！」說完自己趕緊悻悻然地回頭走向辦公室。

到了教室，剛才在走廊上目睹這一幕的同班同學跑來對阿昌說：「你完了！副校長根本是這間學校實際的校長，而且很小人，他一定會找理由給你記過的。」

一肚子火氣的阿昌冷冷地說：「記過？幹！今天放學老子就給他做忌！」

放學之後，阿昌隨便在路邊撿了一塊磚頭，然後就在副校長停在校門口的轎車邊等著，果然，沒多久就看到副校長遠遠地要走過來開車，他暗想：「你完了！」

副校長遠遠地看到阿昌這個煞星站在自己的愛車旁邊，登時像遭到雷殛一般，說時遲那時快，剛好他身邊有另一個老師騎著一部偉士牌正要離去，性命要緊的他趕緊跳上機車後座逃命，一邊還心有餘悸地回頭看著阿昌。看到副校長不顧體面地落荒而逃，阿昌得意之餘，索性把磚頭隨手往車窗上一砸，此刻剛好逃命者回頭張望，在聽到「匡啷」一聲的同時，阿昌彷彿也聽到他心碎的聲音。

說不得，這件事又得驚動阿昌的爹娘來校報到——這個寶貝兒子，居然還沒註冊又面臨退學？好說歹說，賠錢了事，總算讓阿昌繼續在中興待下去，不過他得轉到夜間部就讀。回到家，阿昌以爲自己一定又要被老爸海K一頓，沒想到老爸只是搖搖頭、嘆嘆氣，把阿昌叫到自己面前坐下。

老爸有點無奈地說：「唸夜校是最後一步了，再來你也沒地方轉了。」

不服輸的阿昌嘴硬地說：「沒書唸我就出去混，不怕沒飯吃！」

「出去混？」老爸嗤之以鼻地說：「你能混出個什麼名堂？連打破人家車窗玻璃

還不是要家裡幫你賠？不賠人家要報警啦！眞的鬧到要坐牢，你大哥還是你兄弟要替你去關嗎？」

「你混的這種流氓？」老爸繼續說：「叫做小混混啦！跑路跟坐牢有你的份而已，跟眞正大尾的流氓比，你還差太遠啦！眞正夠準的，警察要聽他的，民代要聽他的，陳啓禮你知道吧？你爸我唸高中的時候，他就是我的學長啦！人家也是混到唸大學才有資格當幫主啦！像你這種不會想又不入流的，不是要坐半輩子的牢就是早早被砍死在路邊啦！」很難得老爸會這樣坐下來苦口婆心講了一大堆，但是阿昌畢竟還是太年輕，他雖然隱隱約約想通了一些什麼，但是爭強好勝的心還是絲毫沒有改變。

開學之後，阿昌白天在南陽街的補習班上課，然後緊接著還得趕車上夜校……第一天上課的時候，阿昌發現，全班同學竟然都是轉學生，個個都是被自己學校退學「有頭有臉」的人物，大家互相之間就算沒見過面也早已經聽過彼此的名聲，這個班級就像是「重刑犯監獄」一樣，把從建中依序到泰山高中等學校赫赫有名的惡霸囊括成一班。不過，公立高中的垃圾來到這裡成了寶，因爲品行不好不代表書也唸不好，這一班可是夜間部絕無僅有的升學班——因爲他們將是學校升學率跟來年招生率的最有力保證。

更令阿昌感到詫異的是，當初高一升高二時，一些被他逼得在復興高中唸不下去的傢伙，居然全部都轉到中興的夜間部來了，以前仗著人強馬壯欺負人家，現在難保人家不會同仇敵愾欺負回來。阿昌自己知道，現在白天唸補習班，晚上唸夜校，生活已經跟以前的哥兒們脫節，而且北投離朱崙街那麼遠，要把人馬叫到這裡來也真的是困難。這些仇家早了一年轉來中興，當然要比人生地不熟的阿昌要佔便宜得多。想了想，阿昌知道萬事只有靠自己，爲了提防有一天被圍毆嗑爛飯，開學後沒多久，他就去弄了把小武士（俗稱尺二仔），用講義包著，每天帶著上下課。過了沒多久，麻煩就找上門來了。

事情的導火線，是一個和阿昌同班、從成功高中轉來的傢伙，這傢伙叫做陳昌宇，由於長得小小粒又矮又瘦、尖嘴猴腮的模樣，所以大家也就諧音叫他「章魚」。章魚以前在成功只是個被呼來喝去的小弟輩，不知道聽了誰的唆使（大概也就是那些人），聽說阿昌以前很「慶」，但是現在沒什麼了，如果撂倒他，以後一定聲名大噪！這隻笨章魚，有一天下課突然就跑來阿昌面前揮舞著雙拳說：「陳瑞昌，來！我們來玩拳擊。」說著就擺著可笑的拳擊姿態呼呼地揮著拳，阿昌看都懶得看他低下頭看自己的書。這時候，僵在當場的章魚不知道該怎麼辦，犯下了一個「致命」的錯誤，他居然一拳打在阿昌的肩膀上，跟著嗆聲：「幹！你怕了喔？」

唰地一聲，阿昌站了起來，整整比章魚高了將近一個頭，跟著「啪」地一聲把章魚頭殼猛力巴下去說：「拳擊我不會啦！我只會K人啦！」說著就把章魚海扁了一頓，扁到上課鐘響，他才冷冷地對眼眶噙著淚水的章魚說：「我料你也沒這個狗膽來挑我，去跟那些唬爛你的傢伙說，放學校門口見！」

放學後，晚上十點多了，學校對面的路燈下，十幾個人佇立著，看到阿昌大喇喇地走出來，新仇加上舊恨，他們的眼睛立刻亮了起來，逐漸靠攏過來把阿昌團團圍住。阿昌二話不說拔出了小武士，看到刀子對方全都愣住了，阿昌懶洋洋地說：「誰先上？還是一起上？」他早就料定了這些東區死小孩除了敢打打必勝的圍毆架之外，看到刀子就要縮半截，要真有種跟人家動刀子對幹的話，當初也不會被阿昌逼得要轉學了。

就在大家都定格的時候，阿昌順勢說：「認爲今天的事跟自己沒關係的人，可以走了。」每個人都巴不得趕快有這句話，紛紛作鳥獸散，只剩下章魚一個人難以置信地呆立在當場，本來他也可以雜在人群中無聲無息地消失，但是他知道自己只要一回頭以後就衰定了（這種衰人總是特別會胡思亂想），他突然像吃了過期春藥一樣大喊：「幹！有種明天放學後不要跑，我會叫我大哥來！」心頭一凜，阿昌表面上仍維持鎮定：「馬的！你這個俗辣還有大哥呀？是哪一個啦？」猶豫了一下，章魚說：「我大哥『師誠』啦！明天晚上你就『災係』「（知死）！」「馬的！」阿昌說：「你有大哥我沒有呀？明天晚上看誰死！」

說起來，章魚提到的這個師誠還眞的滿有名的，其實他是一對兄弟中的哥哥，出身北投的林師誠、林師樸兩兄弟，早在阿昌唸復興時就已經聽過的二個狠角色，年紀輕輕就混出北投來到台北市中心的「火藥庫」——林森北路，成了令人聞名喪膽的槍手。怎麼辦咧？人家搬出槍手來了，這就不是武士刀可以解決的了，雖然阿昌根本不知道像章魚這樣的俗辣怎麼會跟赫赫有名的狠角色扯上關係，但他想，還是跟大哥說一聲比較保險。

到了堂口，由於太久沒來，阿昌居然不知道姚哥和峰哥都因爲掃黑入獄了，這時候的堂口是由鴿子在話事。聽了阿昌硬著頭皮說明了來意，鴿子偏著頭想了又想，然後才輕描淡寫地說：「你知道嗎？我以前收過一個小弟，我一直都很欣賞他，爲什麼欣賞他咧？就是因爲這個小弟無論出了什麼事，都不會來麻煩我。這種小弟值得欣賞。」雖然沒有明著拒絕幫忙，但是講到這樣也夠明白了。

碰了個軟釘子，阿昌只好悻悻然地打算告辭，鴿子還說：「要走啦？不留下來喝一杯？反正姚哥現在不在，他的私家好酒大家都隨便喝！」阿昌沒好氣地說：「免了，我明早還要上課呢！」聽到阿昌這樣說，鴿子說：「那就不留你了，唉呀！林師誠、林師樸沒什麼啦，了不起也就是兩個人罷了，你眞的頂不住，道個歉就好囉！他們不會跟學生計較啦，眞的太過分，到時候再叫公司替你出面！」

出了堂口之後，阿昌心裡眞是幹到一肚子大便，他心想：「馬的！什麼兄弟義氣？根本都是屁！出了事不麻煩你，幹嘛叫你大哥？馬的！市內人果然是不講義氣的！」其實他心裡也大概了解，自己現在唸夜校，根本已經很少到堂口或參加舞廳的活動，對於這個漸趨邊緣的份子，鴿子大概認爲沒必要爲他惹上槍手這種危險敵人（實際上鴿子也應該是怕了，自知惹不起），幫派份子的悲哀，就是公司認爲你只是一項資產，一旦沒有繼續投資的必要，大可任你自生自滅。

第二天放學，不肯示弱的阿昌硬著頭皮走出校門，武士刀用考卷包著藏在懷裡，右手隨時準備拔刀。到了校門口，意外地根本沒有人在等他，本來阿昌大可以一走了之，但是他知道，就麼走了，章魚一定會在事後大肆宣揚，然後大家就會知道阿昌不行了、沒種了，以後就會爭相打落水狗，那就後患無窮囉！因此，阿昌心想：「了不起是一頓打，馬的老子又不是沒被槍指過，豁出去了啦！」就這麼左等右等，奇怪，阿怎麼就是沒有找麻煩的人來呢？一直等到十一點多了，阿昌突然眼睛一亮！只見章魚瘦小的身影躡手躡腳、東張西望地走出校門，原來他一直在教室裡待著，直到現在才走出校門，當他望著望著看到阿昌居然還在等他時，那表情簡直比看到鬼還要恐怖，幾乎可以用心膽俱裂來形容，幸好他當時尿不急，要不然一定當場徹底解放。

看到章魚那副畏畏縮縮的龜樣，阿昌也是心知肚明，於是大喇喇地走上前問道：「馬的！你現在才出來喔?你大哥咧?你的人馬咧?老子已經等很久了！」顫抖著身子，章魚囁嚅著說：「他……他們……」看著他支支吾吾的模樣，阿昌終於恍然大悟，眼前這傢伙根本就不是什麼林師誡的小弟，充其量大概只有什麼一杯之緣或一面

之緣，甚或祇是聽過這個名字而已，這些東區死小孩就是喜歡這樣亂報名號，就像玩梭哈想「偷雞」一樣，以爲喊個大一點的賭注可以唬住對方，沒想到卻被經驗豐富的老賭徒給識破了。其實這種行徑也不奇怪，社會上不是就有許多算命、賣藥的騙仙仔，喜歡在各種場合抓住政商名流合影留念，藉以哄抬自己的身價和可信度。

腦際瞬間的放鬆，阿昌心中閃過了許多清晰的念頭，他想到：自己雖然號稱混得很大尾，其實也只是一場兒戲罷了，爲了無聊的堅持失去蓉蓉，沒有能力改變被復興退學的命運，惹了禍被迫轉到夜校，他終於知道，這個世界很大，像自己這種一知半解的黑社會根本不算什麼，其實他跟眼前這個顫抖的傢伙比起來，根本也強不了多少，三年五載之後，誰會記得今天，今天又能對整個大環境影響到什麼？驀然，他下定了一個決心……

直視著章魚，阿昌緩緩地說：「跟我道歉，這件事我就算了。」

原本已經低著頭準備挨一頓海K的章魚，簡直不敢相信自己的耳朵，阿昌這句話對他來說有如天籟般的美妙，他帶著感動的心情忙不迭地說：「失……失禮啦！對不起！」接下來阿昌的舉動，連他自己也不敢相信，他主動地伸出手說：「這件事到此爲止，馬的以後老子要好好唸書了。」就這樣，兩人握手言和（其實，比起前一晚落荒而逃的那些人，阿昌認爲章魚至少比他們帶種多了）。事情算是圓滿收場了，唯一令人不爽的是，當天由於時間太晚了沒公車可以搭，而阿昌身上又沒錢，只好坐計程車回到家門口叫老媽付了三百多塊錢，因此又被削了一頓。

從那一天以後一直到畢業，章魚都對阿昌非常恭敬，甚至還在考試的時候自動翻起考卷給阿昌抄（事後發現答案至少有一半是錯的，眞不知道他是眞心幫忙還是挾怨報復），看在身旁一些原本想找痲煩的人眼裡，個個一頭霧水，他們深信當晚雙方一定有過一場龍爭虎鬥，而最後一定是以阿昌的勝利收場。阿昌雖然暗笑在心內，但想想這樣的誤會也不錯，而且章魚應該也不會到處宣揚自己糗事的經過，就這樣，在阿昌決定學好的同時，屬於他的神話仍然持續發酵、渲染，成了最佳的保護色，只要他

不主動尋釁，誰也不敢輕捋虎鬚。

當「老子不混了」的想法在心裡面扎根之後，阿昌覺得生命忽然間變得神清氣爽，不過也有些無聊，唯一的消遣「打人」沒有了，堂口和舞廳也不去了，感情上又沒有依歸，只好學人家拿起書本猛啃了。說也奇怪，當你覺得生活無聊透頂，而唯一能做的消遣又只有唸書而已時，此刻的吸收力是最棒的，阿昌的成績也因此突飛猛進。一直到夜校停課，阿昌百無聊賴地呆在家裡還是猛K書，即使阿華他們一直以吃喝玩樂來引誘，他也無動於衷。此時阿華他們可是鴿子跟前的紅人了，其實像鴿子這種胸無大志，只愛泡夜店、把妹妹的黑社會人物，最頭疼的就是身邊的小弟惹是生非、好勇鬥狠，他需要的也只是那種充充場面、鞍前馬後伺候點菸的小鬼頭，夠神氣又沒什麼「副作用」。這也註定了像鴿子這種人雖然一輩子不可能出大麻煩，但要闖出響噹噹的名號也是門兒都沒有的。看在眼裡、聽在耳裡，阿昌也只是一笑置之。

離聯考五十九天，五十九——這個數字阿昌一生都忘不了，他拋掉了所有的講義、參考書，強迫自己每天至少看完一本課本，從高一到高三每一科的課本從頭到尾看一遍，他不知道自己怎麼會想出這個「土方法」，但事實證明很有用，面對聯考時他胸有成竹，壓根兒沒想過自己會考不上大學（雖然全世界都認為他註定要重考）。

發成績單那天，阿昌心中免不了有些忐忑，他回到中興領成績單，一路上心中禁不住向眾神佛喃喃默禱。聽說那一年大學最低錄取分數是三百七十分，阿昌拿到成績單一看，自己考了三百八十四分，考上了？馬的！居然眞的考上了！當他回到家向老爸「展」出成績單時，老爸竟然興奮地像個大孩子一樣，拖鞋都忘了穿就蹦蹦跳跳到廚房，欣喜若狂地對正在準備晚餐的老媽說：「想不到這個臭小子眞的考上了！」

從新聞上面看到，那一年有十二萬人報考大學聯招，大約錄取四萬多人，也就是說阿昌至少打敗了七、八萬人，這種成就感，比拿著刀在街上砍倒七、八百人還爽。更爽的是，阿昌還接到阿華打來的一通電話……

「喂……阿昌喔？還混？一起去報名了啦！」阿華在電話中說。

「報名？報什麼名？」阿昌愣了一下。

「還裝？我已經跟所有兄弟比過了，我考三百分啦，是所有人裡面最高分的啦，你了不起也是兩百多分吧！還不去補習班卡位喔？」阿華得意洋洋地說。

「呃……我考三百八十四分耶！」阿昌盡可能冷靜地說，以免「刺激」到阿華。

「三百……八十四？啊！那不是考上了？」這下換阿華愣住了。

「對呀！」阿昌簡直快忍不住笑了。

「幹！不夠義氣！本來還想跟你一起在南陽街打天下說。」阿華悻悻然收了線。

貼在中興校門上的，是大大的「恭賀本校三年X班陳瑞昌同學高中文化大學英文系」，這是阿昌第一次因爲「好事」被學校公佈姓名，可惜他已經畢業了；停在家門前的，是一部嶄新的機車「名流一五〇」，阿昌終於考到老爸發的「駕照」了。

哇靠！考上大學了還要去砍人

這是我最後一次撐你們，沒有下次了。我好不容易考上大學了，現在只想好好唸書。你想，如果剛才那一刀我砍死了他，你們拿什麼賠我？

大學校園中的一切都是新奇的，同班的同學來自全國各地，阿昌覺得自己的生活圈不斷地擴大——國中的同學來自小鎮，高中的同學來自大台北，大學同學則來自全台灣。陽明山幽靜的環境以及學校裡靜謐的氣氛，讓阿昌感到這裡好安全、好自在，大學裡面沒有帶頭的、沒有老大，有的只是和樂融融的學長學姊。

一天中午，課程結束之後，阿昌正跨上機車準備回家時，許久沒有動靜的BB Call突然響了起來，他看了看，咦？居然是阿華的電話，這傢伙最近不知道過得如何。於是，阿昌就近找了個公用電話回電。

「喂，阿華嗎？Call我什麼事？」阿昌說。

「昌大ㄟ！歹勢啦！出代誌要你幫忙啦！」阿華的語氣像撿到寶一樣興奮。

「什麼事啦？」阿昌心裡瞬間蒙上一層陰影，這些傢伙不知道又捅了什麼漏子。

「我們要跟人家『拓堵』啦！對方好像也是竹聯幫的，今天晚上跟我們約在南陽街談判，你是我們的大ㄟ，除了你，這時候我們也不知道該找誰！」阿華焦急地說。

「拓堵？阿是爲了什麼事吵架啦？」阿昌心裡眞的納悶，都已經淪落到補習班了，難道眞的在南陽街打天下嗎？

「這個嘛！嘿嘿……」阿華彷彿有些不好意思，賊賊地笑了笑說：「啊就我們在補習班裡面，正點的馬子都被我們泡光了，另外一票傢伙看不慣，說要給我們難看，就約今天晚上六點在壽德大樓旁邊見眞章囉！」

馬的！居然是爲了這種沒出息的事情拓堵，阿昌不由得怒從心生，正要嚴詞拒絕，偏偏這時候公用電話時間到了，斷線，而阿昌身上又沒零錢了。

扣上了話筒，阿昌第一時間想到的就是「放他們鴿子」，「我又沒答應他們要出面！」阿昌在心裡這樣告訴自己，好不容易都已經考上大學了，難道還爲了那種狗屁倒灶的事情刀頭舔血嗎？了不起讓他們被海K一頓罷了。

然而，騎車回家的途中，阿昌腦海裡不斷浮現高中時期大家哥兒們的點點滴滴，一起打架、抽煙甚至一起去嫖妓，跟著又想起剛進復興的時候，自己怎麼教導阿華跟小威混流氓。阿昌驀然想到：「能夠考上復興高中，他們本來也算是成績不錯的好學生，如果不是因爲我的一己之私想當老大，也不會害他們今天變成這樣……不行！有些事還是要交代清楚，做個了結。」這時候，阿昌個性中講原則、愼始末的毛病又犯了，忍不住重重敲了機車儀表板一下，還差一點摔車。

回到家，阿昌衝進自己的書房翻箱倒櫃，希望能夠在雜亂的房間中找到那把曾經跟自己形影不離的小武士，卻怎麼找也找不到。說不得，只好買把新的了。他走出房門，跟老媽謊稱晚上跟同學約了看電影，想跟老媽要錢。自從阿昌考上大學之後，老媽對他的「戒心」已經大大降低，所以給了他五百塊，還吩咐他「看完電影早點回家」，渾然不知自己的兒子正要去「拍電影」，而且極可能是古惑仔系列。買刀，阿昌從高中時代起就習慣到老松國小對面「萬華市場」裡的登山用品店購買，眞的是價廉物美。到了那邊，才發現原來一把兩百八的開山刀已經漲價爲三百五了，阿昌以「老顧客」的理由硬是殺到三百（不殺價就是潘仔了），匆匆付了錢，店家還很懂事地給了阿昌一張報紙把刀子包起來。

傍晚，阿昌來到壽德大樓前，他一見阿華的面劈頭就問：「這種事你幹嘛不找鴿子，找我幹什麼？」

哭喪著臉，阿華說：「姚哥回來了，立刻就把鴿子趕走了，我們也變成喪家之犬了……」看著他的身後，只帶著四、五個阿昌並不太熟悉的面孔，小威沒來，豬肉、

走鋼索的人

眼、啦啦隊他們也都不見了，看來，一場聯考之後，兄弟們也各奔東西，散夥了。此刻，阿昌不禁暗幹自己當初幹嘛耍屌辦BB Call。

來到談判的地點，對方來了十幾個人，雙方人數懸殊，態度立刻囂張了起來。帶頭的一個當先發話：「馬的！我是竹聯西壇的小維啦！從西門町到他媽的你們現在站著的地方，都是我們西壇在管的啦！」接著他就滔滔不絕講述著自己的豐功偉業，看起來，他不像是來談判的，倒像是求職的人在自我介紹，希望給「與會」的衆人留下深刻的印象——也許，有些大哥就是靠這樣不斷自我推銷而成名的。

對於他的滔滔不絕，阿昌深感不耐煩，哪有人拓堵這麼囉唆的？阿昌懶洋洋地說：「所以，你到底想怎樣呢？」西壇？阿昌根本就沒聽過，姚哥當初「諄諄教誨」他們，竹聯幫有十七個堂口——「忠、孝、仁、愛、信、義、和、平、天、地、至、尊、萬、古、長、青、橋」，外加一個知名狠角色劉煥榮一手建立的特攻隊——號稱

「竹風戰士」的「風戰隊」，至於其他如雨後春筍般冒出來的新堂口，誰記得住呀？而且居然還「管」了那麼一大片地盤呢！一聽這傢伙滿嘴屁話居然還能帶頭，阿昌立刻就知道對面這一票只是沒料的烏合之衆。

聽到阿昌這樣反問，小維居然天眞地以爲自己已經佔了上風，來不及擦擦嘴角的口水泡泡，他大喇喇地指著阿華說：「你們這個帶頭的，自己乖乖上來讓我們K一頓，你們這些小的就去買兩條煙來孝敬我們吧！」看他冷笑囂張的樣子，恐怕竹聯幫的幫主也沒他那麼屌。

阿昌故作委屈狀，轉頭對阿華說：「怎麼辦？帶頭的，只好委屈你了……」跟著霍地拔出懷中的開山刀，當頭朝小維劈了下去！

那一刻，剛剛還吊兒郎當的小維突然嚇呆了，楞在當場忘了閃避，那原本足以劈開他頭顱的一刀，如果不是他身後有個傢伙把他往後拉了一步，就絕不只是劃傷他左手臂那麼簡單了。只見小維整隻左手從上臂到手背裂開了長長一道刀口，迸出來的鮮血流了滿地，他居然哭了出來。當場所有人都震攝住了，連阿華都想不到阿昌居然說砍就砍，他可沒有那麼強的心臟去迎接那一刀的後果。

在凝結的空氣中，其實阿昌自己暗地裡也嚇出了一身冷汗，他深深地懊悔著自己的衝動。不過，畢竟握刀的是他，所以他也是最快恢復冷靜的，他左手指著阿華惡狠狠地向楞在當場的對方人馬說：「馬的！我們是竹聯忠堂的啦！這個就是我大哥，他媽的誰再敢跟他過不去，老子就要誰斷手斷腳！」跟著高舉手中的刀怒罵：「還不滾？」對方巴不得有這句話，趕緊扶著淚眼汪汪的小維連滾帶爬跑了。

看著對方落荒而逃，阿昌陷入了沉思，良久，他有些無奈地對阿華說：「這是我最後一次撐你們，沒有下次了。我好不容易考上了，現在只想好好唸書。你想，如果剛才那一刀砍死了他，你拿什麼賠我？」跟著他語重心長地說：「如果你來這裡補習是眞的想考大學，那麼經過剛才的事，只要你以後行事『守』一點，相信應該沒什麼人敢來踩你了。如果你執意要混流氓，那恐怕以後就要學著自己拿刀子了。南陽街不是什麼英雄地，這裡沒什麼天下好打的。」說完，阿昌默默地走向自己停機車的地方，跨上機車頭也不回地絕塵而去。

揮別舊日時光

阿昌下意識地認為，自己似乎就是來這個陌生的地方跟舊日的荒唐歲月告別的……

砍人事件之後沒多久，阿昌得知了小威入伍的消息。原來，小威從復興退學之後，只在強恕唸了一個學期就不唸了，跟著就出外找工作。工作時有時無的日子過了一段之後，他就接到兵單了。最倒楣的是，居然還抽到了「金馬獎」要調到馬祖當兵，此刻的他正在基隆的「金馬賓館」等船，阿昌和阿華相約一起去看看他。

抽著煙，彼此幾乎相對無言，三個哥兒們現在走在三條不同的道路上，除了珍重，眞的不知道能說些什麼。阿昌隨意一瞥，赫然發現黑松居然也在不遠處，穿著軍裝、理個大光頭的他看來有夠滑稽，阿昌並沒有上前去打招呼，恐怕黑松現在也不認識他了。這一趟來基隆，阿昌下意識地認爲，自己似乎就是來這個陌生的地方跟舊日的荒唐歲月告別的。

到了學期末，阿昌索性藉著騎車通勤太累的理由，徵得老爸老媽的同意，在學校附近租了一間小小的雅房，大概只有一坪半不到兩坪，勉強容得下一張書桌、一個單人床加一個達新牌衣櫥，過起了「獨居」的生活。他把那一柄因爲沾了血跡而生鏽的開山刀放在書桌前，只爲了不時提醒自己，目前的一切得來不易，可別輕易搞砸了。

搬到山上沒多久，阿昌居然和同學搞起了搖滾樂團，除了上課、睡覺之外，整日與音樂、吉他爲伍，彷彿眞的化身成了一個普通的大學生。

Part 2

英雄主意開始作祟

走鋼索的人

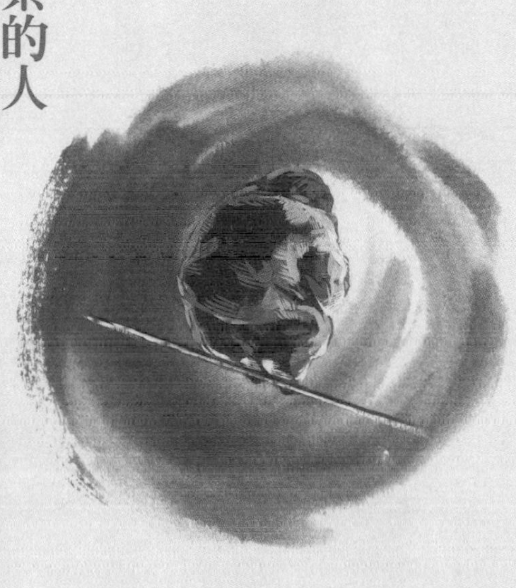

和有夫之婦同居

或許是一種大男人俠義心態，也可能只是為了好玩，阿昌就這樣讓一個陌生的女人上了自己的機車……

一如往常，阿昌在週末回家和家人團聚，要了下個禮拜的零用錢之後，禮拜天的晚上，他就騎著心愛的機車打算回到山上的小窩繼續抱吉他了。行經承德路、民族東路口的時候，阿昌停下機車等待紅綠燈。就在這個短短的空檔，他突然隱隱約約聽到遠遠的右後方傳來淒厲的女子哭喊聲，原本他並不在意，只以爲是哪家死老百姓在鬧家庭革命。然而，聽著聽著，「救命呀！救命呀！」的聲音卻越來越近，根本就在身後了，阿昌忍不住回頭看看，幾乎剛好要跟一個迎面而來的年輕女子鼻子碰鼻子，只見她穿著零亂的一件連身無袖花裙，滿臉驚惶失措，緊緊扯著阿昌的右臂喃喃說著：

走鋼索的人

「救我！救我……」此時剛好綠燈亮了，阿昌不假思索地說了聲：「上車！」那女人顧不得自己是穿著裙子，立刻跨上機車。阿昌頭也不回催足油門向前狂奔，後方似乎還傳來幾聲叫罵聲，太遠了，聽不清楚。或許是一種大男人俠義心態，也可能只是爲了好玩，阿昌就這樣讓一個陌生的女人上了自己的機車，緊張的她緊緊地環抱住阿昌，就像是溺水的人緊緊地抓住一塊木板，深恐稍一放鬆就失去一切希望了。

其實，在阿昌的腦海中，也是充滿了疑問和緊張，他完全不知道這個緊緊貼著自己的女人是什麼來歷，究竟有著什麼遭遇，或者追趕她的是什麼人（說不定是警察），越是這樣想，他就越是加緊油門不敢減速。一直到騎上了仰德大道，阿昌才有一種「回到自己地盤」的安全感，他停下機車，掏出了香菸點上，一向冷靜、天不怕地不怕的他，居然這時候也感到有些緊張。

兩個人坐在路邊，阿昌忍不住開口問：「到底怎麼回事呀？」

在哀怨的語氣中，女子娓娓道出了自己的辛酸，她叫做羅彩琴，整整比阿昌大了五歲。彩琴原本是彰化北斗那邊的女孩兒，十九歲就在家鄉嫁給了開貨車、大她三歲的老公。婚後沒多久，小倆口就一起北上打拚，在昌吉街那邊租了一間小公寓，丈夫改行開計程車，她則在一家小吃店做事，原本生活還算安定。然而，來到台北這個花花世界裡，開計程車的老公逐漸迷上了賭博和喝酒，車也不開了，整天就是賭博、喝酒，賭輸了就找她要錢，連房租也不放過，要不到錢就藉著酒意海K她，而彩琴這個鄉下來的傻B，被K了除了哭泣和忍耐之外，也只能每天鼻青臉腫地繼續上班供應丈夫的賭資。就在今天，她實在變不出錢來了，喝得滿臉通紅的老公居然拿起菜刀要逼她去大橋頭的茶室陪酒，在拉拉扯扯中她掙脫奪門而出，夫婦兩個就在大街上演起了追逐記，而一旁圍觀的人居然沒半個伸出援手，直至她衝到大馬路上碰到了阿昌。

聽完這些，事不關己的阿昌聳聳肩，扔掉煙頭問：「那現在咧？妳要怎麼辦？」

眼淚又逐漸湧出來的彩琴無助地看著阿昌：「我不知道，我不敢回去，回去不是被他賣掉就是被他打死，可是，我又沒地方去，身上連一塊錢都沒帶。」

「那我給妳錢，妳回彰化好了。」馬的，幹嘛打腫臉充胖子？看來這個禮拜要靠同學們接濟了。

「不行……他知道我彰化的娘家，他一定會去亂的！」

「幹！這也不行那也不行，乾脆去我那裡住好了啦！」阿昌不耐煩地說。

似乎這也是唯一可行的辦法了，兩個人一同來到阿昌那只有一張單人床、連打地舖的空間都沒有的小雅房，看得出來彩琴有些失望，但是擠一擠總好過露宿街頭吧。而當彩琴洗完了澡，由於沒有替換衣服只好罩著阿昌寬鬆的T恤時，若隱若現、玲瓏有緻的身材加上雪白的雙腿，讓阿昌忍不住血脈賁張，他可不是吃素的善男信女，自然而然地就對彩琴上下其手，這是乘人之危嗎？錯！正常的男人都會這麼做的。就這樣，當天晚上，小小的單人床上，兩個人從半推半就到翻雲覆雨，發生了肉體關係。

過了那一夜，似乎兩個人就算是「在一起」了。身為男人，阿昌大方地拿出自己所有的零用錢幫彩琴買了一些簡單的換洗衣物，雖然買完之後就所剩無幾了，但是阿昌倒也不在乎，自從進大學、組樂團之後，他就變得胸無大志、安貧樂道，反正一個禮拜熬一下就過去了，饅頭、白開水一樣可以過日子，之前為了存錢買吉他、樂譜、CD，日子也是這樣過的。但是阿昌可以過的日子，彩琴未必能過，所以她在學校附近的一家小吃店當起了「工讀生」。而阿昌呢？他只是冷眼旁觀，他只要白天上課、下課彈琴、晚上抱彩琴，日子就很快樂了。學生嘛！不就是這樣嗎？生活的事，留待畢業以後再說吧！有時候，阿昌也是會想到，自己這樣會不會很像彩琴的那個爛賭老公？「當然不一樣！」阿昌在心裡這樣告訴自己：「她賺她的錢，我可沒有花過她半毛，老子玩音樂是玩自己『耐窮』的本事！」跟彩琴這麼樣一個有夫之婦同居了兩、三個月，漸漸地夏天來臨，炎熱的天氣讓人的心容易浮躁。

沒有冷氣的小小空間，又要兩個人擠在小小的單人床上，彩琴免不了開始有些怨言了，對於她的怨言，阿昌當然也感到厭煩，別說兩人是這樣不正常的關係，就算是一般的情侶，這樣的情況也意味著感情已經出現警訊。

走鋼索的人

有一天，彩琴對阿昌說：「老公（兩人在一起一個禮拜後就以老公、老婆互稱了），等你這學期結束，我們換一間大一點的套房住好不好？」

撥弄著無聲的電吉他，阿昌沒好氣地說：「不要！我討厭搬家！」

彩琴央求地說：「那我幫你整理，我來搬好不好？」

阿昌眼睛還是盯著琴弦，有些不耐煩地說：「No Way！我的東西妳不懂，別給我亂碰。」

換居處無望，彩琴耐著性子提出另一個建議：「那！老公，我現在有一些積蓄了，我買一台冷氣來裝好不好？」

這時候，阿昌放下電吉他，轉過身凝視著彩琴：「第一，我不想花妳的錢，妳有積蓄就好好存在身邊。第二，再怎麼說，這是租來的房子，等我畢業以後，冷氣是要留下來還是扛走呢？」他覺得自己這樣講很有骨氣，卻不知道這些任性的話已經深深地傷了彩琴的心，沒錯，畢業後阿昌就要搬回家住，那彩琴呢？她又該何去何從呢？

兩人一言一語就這麼說僵了，當天晚上，單人床上兩個人背對背無言地躺著。

那一夜，阿昌整晚沒有闔眼，他感覺到彩琴有兩次轉身凝視著他，但是他賭氣不肯轉過去。一年多以來，阿昌第一次想到：「如果我還是以前的昌大ㄟ，如果我還是忠堂的護旗……」胡思亂想地到了黎明，他暗自地長吁一口氣，轉身抱住彩琴，直到此刻，他才了解到其實自己是很在乎懷裡這個女人的。彩琴此時睡得很安詳，但睡夢中她感覺到阿昌的手臂，還是迷迷糊糊地轉過身來把頭埋進阿昌的臂彎。

接下來的日子裡，兩人絕口不提那天晚上的事，日子又恢復了從前，阿昌照常上課，彩琴照常上班。直到某天下午，阿昌下課後準備回到住處，途中經過彩琴上班的小吃店，卻沒有看到她，他感覺有些奇怪，一種不祥的預感襲上心頭。快步踏進房間，果然彩琴的東西都不見了，只有書桌上一張平攤著從筆記本撕下來的紙，上面是彩琴娟秀的字跡和一些浸濕的痕跡——

「老公，很抱歉我用這樣的方式跟你說再見，但是如果當著你的面，我就不可能堅持這樣的決定了。在你的身邊，讓我感覺很安全也很幸福，但是我們不會有未來的，那一段失敗的婚姻，我不知道什麼時候才能結束，而不管能不能結束，強求跟你長相廝守對你都是不公平的。所以我走了，不用擔心我，我姊姊跟姊夫上個月在台南開了一家小工廠，我會去投靠他們。我拿走了你上台唱歌的那張照片，因爲我想永遠記得你，一個救過我也愛過我的男人。最後，我忍不住還是要告訴你，別老想著把音樂當飯吃，那你遲早會餓死的，愛你的老婆也會很心疼的。」

看完了信，阿昌呆坐在床頭直到天黑，忘了開燈，第一次，他有著一種徹底絕望、完全被打敗的感覺，當他終於亮了燈，第一眼看到原本心愛的吉他，突然覺得很可憎！心，眞的沒有這麼痛過，他把這一切歸罪於自己的安貧樂道、自己的無力、自己的……窮！

二十歲沒做「大乀」，一世人做「囝仔」

一般來說，兄弟之間講的是「義氣」，生死相挺；而大哥跟小弟之間，講的卻是「忠信」……

很多人踏進黑社會，都說自己是因為窮、因為生活過不下去，但是窮的定義有很多種：有些人是真的因為出身在窮鄉僻壤，所謂「窮山惡水出刁民」，沒有一技之長，環境又不允許任何的發展，只好捨下一條命鋌而走險賭氣魄；有些富家子弟也跟人家混流氓，可能是因為家裡零用錢管太緊了，雖然衣食無缺，卻無法滿足他的吃喝玩樂，只好學人家作姦犯科。

至於像阿昌的狀況，如果不是因為彩琴的出現，也許他會認命成為一個窮困潦倒的音樂人，也可能有一天完全放棄音樂當一個安分守己的上班族，但是當心愛的人在自己最無力的時候出現，卻又因爲無法好好照顧她而離開時，免不了的，他又再度地扭曲了自己的想法，走上了曾經脫離的邪路。他認爲，如果自己一直持續在黑社會打拚，只要沒有橫屍街頭，現在至少也有不亞於姚哥的地位了，而不管是早早橫屍街頭還是打響名號，都不會發生失去彩琴這樣難過的事。他天眞地以爲，也許有一天彩琴會再回來（雖然希望很渺茫），那麼自己一定要「做好準備」，絕不能再讓她失望一次了。

從聯考前開始一直到現在，阿昌當了一年多的好學生了，想要重新走回頭路，現在黑社會的「脈動」他已經深感陌生，眞的不知道該從何著手，空手一人，他要如何再拉起自己的班底？此時舉目所見，都是和自己一樣的大學生，文化學生有上萬人，自己勉強只算是個快升大二的菜鳥，難道要在陽明山打天下嗎？爲此，阿昌眞的苦惱許久。

不過，所謂「人不罩我天罩我」，對於一心往黑社會鑽的阿昌，老天爺似乎特別「眷顧」。暑假開始沒多久，阿華又跟阿昌聯絡了，在第二次向大學聯考叩關的戰役中，他又「不負眾望」地敗北了。誤入歧途之後的阿華真的不是唸書的料，因為他就是無法像阿昌那樣下定決心忘我地發憤用功。一邊為了家人的期望而在補習班混日子，一邊又持續在舞廳打混賣票，此刻的阿華，身邊已經有了十幾個小弟做他的下線在校園中販賣舞票了。不過，這次沒考上大學，阿華免不了就得踏上小威的後塵「報國」去了，所以，其實他來找阿昌也是為了「托孤」——期望把自己的人馬委託阿昌繼續帶領、照顧。

「這臭小子！」阿昌心想：「居然比我還早當大哥？」老大跟大哥兩個名詞，聽起來似乎差不多，但在實質意義上卻有著很大的差別。老大下面，必然有老二、老三等等，所以他只是一票兄弟、一幫平起平坐的同儕間發號施令的頭頭。而跟大哥相呼應的，就只有小弟這個名詞，兩者之間的關係就像是父對子、師對徒，輩分上的差異讓彼此無法平起平坐。一般來說，兄弟之間講的是「義氣」，生死相挺；而大哥跟小弟之間，講的卻是「忠信」，小弟必須無條件地對大哥付出效忠、愚忠、死忠，化作實際行動就是「一個口令，一個動作」——砍人、挨刀子、擋子彈、扛罪入獄，而大哥就是要對小弟講信用，做到信賞必罰，達成「我可以帶領你們走向美好未來」的承諾。

道上一直流傳著一句話：「二十歲沒做大ㄟ，一世人做囝仔」，意思就是說一個人領導統馭的才能，在他年少的時候就該看得出來，是不是拿主意、下決定、可以照顧大家的角色，二十歲之前就決定了，過了二十歲還不能立下自己的字號，那這一生了不起就是軍師、猛將或小卒了。所以，在黑社會當中，當大哥就是比成爲一個狠角色更高一層的課題。即將年屆二十的阿昌，這時候免不了也要接受「領導統馭」的考試了。

只要能賺錢，什麼不敢做？

他能夠動腦筋的，就是逐漸取代槍枝的黑道當紅炸子雞——安非他命。

由於阿華絕大多數的時間都是待在南陽街，所以他那一堆小弟也是就近在成功高中收的，對這堆小鬼的第一印象，阿昌的直覺就是「什麼人玩什麼鳥」，阿華本身不是浴血奮戰出身的武鬥派，所以他的小弟們也是物以類聚，一看就知道都是一些軟弱的角色。

有一天，阿昌的BB Call響了，回電話的結果，原來是這群小鬼當中爲首一個叫「小開」的。在極爲焦急的口氣中，小開慌亂地說：「大哥，我們學校有人要打我！」阿昌很不耐煩地回答：「有人要打你？那就打回來呀！這還要我教你嗎？」馬的，眞的再一次印證了什麼人玩什麼鳥，阿華帶出來的，眞的跟他自己沒什麼兩樣。

遲疑了一下，小開又說：「可是，他漢操比我好，我可能打不贏耶！」

「幹！馬的咧！」阿昌忍不住生氣：「打架是比狠不是比漢操啦！誰不認輸誰就贏！你是怕痛是不是？」

「那……大哥你可不可以來我們學校一趟？」小開囁嚅著問。

「要我去幹什麼啦？難不成要我去幫你打那個高中生喔？」阿昌忍不住咆哮。

「不是啦！我是想如果校外的大哥有來，他們就不敢動了。」

阿昌耐著性子沒掛電話，一字一句地說：「你大哥我今天早上有課，要去也是下午去，你如果眞的那麼怕挨打，那就先翹頭，一切等我下午去了再說。」

下午，阿昌到了成功見到小開，發現他居然鼻青臉腫，原來他連翹頭都不敢，打也不敢跑也不敢，既不帶種又不識時務，阿昌心想：「眞是朽木不可雕也。」過沒多久，對方的人馬也來了，居然也叫了一批穿便服的「校外人士」，不過一看就知道大概是從南陽街的補習班叫來的——也就是一堆「阿華」。對方一看到阿昌那副「流氓百分百」的模樣，全部打了個寒噤，登時縮了半截。

惡狠狠地望著對方，阿昌緩緩地說：「早上是哪個動我的人，自己乖乖出來受死，其他人可以滾了。」

對方人馬你看看我、我看看你，最後一個看起來像帶頭的硬著頭皮走上前來說：「我知道今天我們來，你根本沒有看在眼裡，不過還是有個請求，可不可以不要一票人按著他打，那樣很容易出意外的。」

阿昌眼睛一瞪說：「你認爲你們有跟我討價還價的本錢嗎？想怎麼打他就怎麼打他囉，他媽的沒動刀子已經很仁慈了。」

這時候小開已經大喇喇地從對方人群中拉出了那個動手打他的傢伙，跟他早上的龜樣完全判若兩人。那傢伙的身材整整比小開大了一號，小開必須跳起來才能巴到他的頭殼。巴了一下頭殼，那傢伙渾若無事摸摸頭，委屈地問小開：「同學，這樣可以了嗎？」對方這樣的反應，小開居然楞在當場。

「可以個小咧！」阿昌一腳踹在那傢伙的小腹，他當場痛得跪在地上。接著阿昌低喝一聲：「開扁！」有了自己大哥助勢，又沒有遭遇反抗的風險，小開這邊的人立刻一湧而上大嗑爛飯，沒多久那傢伙就縮在地上爬不起來，而他叫來的人也只能眼睜睜地在一旁看著，不敢有任何表示。

雖然小開這堆傢伙擺明了是一堆糊不上壁的爛泥，但經過這一次阿昌親臨現場力挺，讓這堆小鬼在成功乃至於附近的學校聲威大振，賣舞票自然也順利許多。

當時，除了Kiss以外，Nasa、Soho等等大型舞廳都已經倒得差不多了，台北市的舞廳形態又恢復到以往那些幾百人的小場子。憑著小開這些小鬼賣票的實力，阿昌跟光復南路上一家舞廳Gorgan談定，以固定包場的方式把發票權以及保安牌都拿到手裡，既可以賣票又收看場費，就這樣，阿昌有了自己的「場子」。

幾百人的小場子，光靠賣票、圍事賺的錢，離阿昌設想的目標還差得太遠，他必須想辦法另闢財源。

經過一段時間的觀察，阿昌發現，黑道原本的熱門商品「槍械」在皮條專案掃蕩的情況下，因為風聲太緊已經逐漸沒落，而且想要從事軍火交易，除了背後要有強大勢力配合，本身還要有一批愍不畏死的亡命之徒相挺，這些都是阿昌目前做不到的。他能夠動腦筋的，就是逐漸取代槍枝的黑道當紅炸子雞——安非他命。

當時台灣北區最大的安毒集散地，就在阿昌再熟悉不過的北投，有些「深山林內」的小小工寮、鐵皮屋，外表可能破破爛爛、毫不起眼，其實裡面就是安非他命的加工廠。

仗著自己已經有了場子，有了談判的籌碼，阿昌動身前往北投尋找以前的舊識。當初還只是外圍份子的傢伙，有些現在已經是大哥級人物了，一聽到阿昌有辦法把他們的「特產」銷到台北市內，雙方立刻一拍即合。就這樣，阿昌彷彿當年上海灘掌握鴉片經銷權的杜月笙，不但帶著豐沛的財源回到自己的場子，更從北投帶去了一批極想到市區求發展、為出頭不怕出殯的凶狠少年仔。

走鋼索的人

從北投的安毒大盤手裡，拿一支保濟丸罐裝的優質晶塊狀安非他命，本錢是六百，研磨成粉狀分裝成三小包，一小包在舞廳裡可以賣一千二至一千八，而且這種東西是會上癮的，根本不怕沒有客源，視風聲的鬆緊還可任意調漲價錢，這樣的暴利，雖然是缺德的黑心錢，但是阿昌已經管不了那麼多了。有了錢，阿昌自然行情也水漲船高，先是辦了一支黑金鋼大哥大，在那個時候，大哥大還是滿稀有的奢侈品，每個月光基本費就要三千，在文化大學上萬個學生當中，只有兩個人拿大哥大，一個是開跑車上下課的富家子弟，另一個就是阿昌，他如果不是因爲不會開車，恐怕也會考慮買輛車代步，不過他早把自己的名流一五〇換成一部改得很「趴」的嬉皮車了。每天穿著光鮮亮麗上課，阿昌不在乎自己成爲同學眼中的異類，看著身邊的小弟個個也是穿紅披綠、鑲金配銀，他告訴自己：「這才算做大哥，這才是他媽的領導統馭。」

第一次被背叛的感覺

雖說沒什麼好眷戀的，但阿昌可是個有仇必報的人，一旦心無掛懷，他就準備騰出手來「整肅」自己旗下的「反骨仔」了。

快快樂樂地賺了幾個月的錢，阿昌的大二生涯又即將結束了，為了迎接期末考的來臨，他只好暫時收收心回復大學生的身分，場子方面，只好大致交給小弟們打理，除非有什麼重大事情，他才會親臨現場。還好，小弟們在這幾個月當中，已經讓阿昌訓練得都成了老手，賣票的、賣藥的都駕輕就熟，各安其職。原本，在阿昌的規劃中，成功的小弟們努力賣票，而北投的小弟除了圍事以外，還在來跳舞的客人中推銷安毒，雙方相輔相成，共同為老大阿昌效命賺錢。不過，久而久之，問題就慢慢出現了。

賣舞票的收入，當然是遠不及賣安非他命的收益，所以相形之下，小開他們的行情，也就跟北投來的人馬天差地遠。這一點，阿昌是從一開始就明白的，但是他自然有他的想法，小開他們只是半調子的學生，肩負的任務又是半玩樂性質的賣票，不像北投來的小弟跟阿昌一樣是別著腦袋過日子的狠角色，不但從事的是風險最高的販毒，而且一切武鬥方面的任務也都一肩扛，甚至小開他們在學校或外面跟人起了糾紛，阿昌也是指派北投的人馬出去解決。既然實力和付出都無法相比，那麼在待遇方面出現懸殊也是理所當然的。

不過，所謂「各人心頭一把尺」，阿昌自覺天經地義的事情，小開他們可不這麼想，他們認爲，如果沒有他們賣票，哪來的客人買安非他命呢？剛開始跟阿昌的時候，他們不敢有什麼想法，但隨著入行日久，他們私底下也開始抱怨：「只能容納幾百人的小場子，賣票根本賺頭不大，大哥老說那些傢伙凶狠、帶種，幹嘛不出去打一些更大的地盤讓我們多賣一些票？」就這樣，兩派人馬的對立和隔閡，也就逐漸產生了。製造手下之間的矛盾對立，原本也是領導統馭的一個重要部份，但這種做法必須植基於雙方勢力的平衡，如果雙方勢力平衡，那麼紛爭唯一的仲裁者就是大哥，這樣就會產生兩條平行線的絕對效忠。不過，這種做法同時也是在走鋼索，因爲一旦雙方的力量失衡，就可能產生各種不良的後果……求去、背叛、奪權甚至取代都有可能。

在阿昌的場子裡面，當然時不時都會有一些道上的兄弟來捧場，畢竟是場子嘛，本來就應該廣結善緣。在這些人當中，有一個隸屬四海幫叫做Tiger的傢伙，本身也是靠舞廳辦場起家的，資歷甚至比鴿子還要深。目前Tigerr手上掌握的場子大約有兩、三個，不過由於他並不是武鬥派出身的角色，所以這些場子他都只有發票權，保安另有他人，不像阿昌是全方位地管理一個場子。有時候，Tiger手上的場子同時動起來，也會來找阿昌「借將」，要小開他們幫忙賣票。阿昌一方面希望小開他們有機會多賺些錢，一方面自己多少也有些分潤，因此也就不爲己甚，多半慨然答應。

期末考結束那一天，暑假終於來臨，阿昌心想又是大撈特撈的時機了，今晚就到場子裡喝個痛快，放鬆一下，順便精神訓話。晚上，到了場子，睽違了將近半個月，阿昌在小弟們的簇擁下從頭到尾巡視一遍。正當巡視完畢要開口訓話時，遠遠看見Tiger帶著兩、三個人走進門來，阿昌還沒開口，小開那一票人居然動作比他還快，熱情地一擁而上，又是鞠躬又是哈腰，而小開還滿臉堆笑地幫Tiger點煙。這是怎麼回事？這個場子換老大啦？

另一票小弟此時還跟在身邊，臉上都浮現不滿的表情，阿昌自己知道，此時不發作那就連另一票小弟也不用帶了。雖然心裡不滿，阿昌還是帶著微笑走了過去。此時Tiger和小開他們已經找了張桌子坐下，交頭接耳不知道在談些什麼，而當阿昌靠近時，小開他們居然還裝不知道沒站起來。阿昌強捺住心頭的怒火（此時發作只會丟臉給外人看），只是輕描淡寫地對小開說：「你大哥我是服務生嗎？我站在這裡你們還坐得住喔？」小開他們這才一臉倖然、不情不願地站起來。阿昌一一指了小開他們每一個人說：「你、你、你、你、你……全部進辦公室等我，我有話跟你們說。」這才坐下來跟Tiger寒暄。

「Tiger，又有什麼好康的要關照呀？」阿昌皮笑肉不笑地說。

Tiger笑得也很虛偽：「沒什麼啦！我下個禮拜同時辦兩場，需要支援，不知道你今天晚上會來，所以就先跟小開他們聊了。」

「我今天剛好空下來，想說也該來『自己』的場子看看。」阿昌若無其事地說：「下次有這種事，就算我不在打個大哥大聯絡就好了，跟小的聊，能拿什麼主意呢？不過，這次恐怕就先說聲抱歉，暑假了，我的場子也得動起來，恐怕挪不出人手幫你了。下次吧，下次一定鼎力支持！」

Tiger的笑容當場僵住，阿昌也沒多理會他，逕自起身留下一臉不自然的Tiger留也不是、走也不是。

走進辦公室，小開他們還在恣意調笑，不知道自己的大哥已經滿肚子火了。阿昌往自己的大位一坐，翹起二郎腿問小開：「什麼時候輪到你去跟外人談合作了？」

小開這才警覺到氣氛不對，「皮皮挫」站起來，小小聲地說；「我們是……是想等討論出個結果再跟大哥你報告的。」

「結果？」阿昌終於忍不住心頭怒火：「結果是你在決定的嗎？」

小開也不敢再嘴硬，只好低下頭說：「大……大哥，對不起，我知道錯了。」

「知道錯？」阿昌緩緩地站了起來：「知道錯就好。」

話剛剛說完，阿昌霍地抓起一個煙灰缸當頭朝小開的頭殼卯了下去，小開當場血流滿面，抱著頭蹲在地上。一旁負責圍事的小弟看大哥動手了，也準備一擁而上開扁，阿昌揮手止住了他們說：「不許動！小開不是外人，我親自動家法。」說完一腳朝小開臉上踹去，額頭鮮血如注的傷口加上鼻血，蜷曲在地上的小開活像一隻紅面鴨公。此時，阿昌心想這樣的教訓也夠了，緩緩地說：「大哥今天留面子給你，關起門來親自動手，沒叫其他兄弟動你，算對你不錯了。自己好好想清楚，我能給你路走，自然也能斷你的路。」說完他蹲下來拍拍小開的臉，隨即又在小開的衣服上擦掉沾手的血跡，掏出香菸說：「我好像沒把你的手打斷吧？」小開立刻會意，一手按著傷口，一手掏出打火機替阿昌點煙。

吸了一口煙，阿昌淡淡地說：「話講完了，解散。」

想不到，這件事過了不到一個禮拜，阿昌派去北投拿「貨」的小弟居然帶著貨、騎不到一百公尺的車就遇到攔檢，上銬了。正當阿昌在場子裡面爲這件事情苦惱時，他無意中一眼瞥見小開他們居然面露幸災樂禍的神色，他心知肚明，自己的領導統馭出了漏洞，旗下出現「背骨」了，要不然時間點怎麼會那麼湊巧？整天提著頭過日子的黑道人物本來就特別敏感，特別會「黑白想」，阿昌也不例外，他既然有了合理的懷疑，當下也就這麼認定了。

所幸，上銬的小弟還未成年，而且很夠義氣，一肩扛了，在皮條館供稱所有貨都是自己用的，貨源方面則推給北投一個已經亡命天涯叫「土狗」的傢伙。兩天後，小弟的家人把他保釋出來，阿昌到北投看他時，拿了兩萬塊給他，對他說：「這一陣子先在家裡當乖孩子，你是初犯又未成年，頂多是保護管束，這些錢是大哥一點心意，看你是要去喝酒、開查某還是留著傍身隨便你。至於丟掉的貨，丟了就丟了，我會去跟大盤『橋』清楚的。」

不過，條子也不是省油的燈，不可能單憑小弟的一面之詞就放棄追查。因此，從這件事之後，Gorgan動不動就被條子臨檢，不但安非他命別想賣，舞客也變得不愛上門，生意一落千丈，簡直門可羅雀，甚至阿昌自己在台北市區也常常被警車「隨身保護」，他明白地知道，好日子過完了。但阿昌對這一切倒是很看得開，彩琴離開已經一年多了，至今音訊全無，應該是不會回來了，既然這樣，阿昌還眷戀些什麼呢？

雖說沒什麼好眷戀的，但阿昌可是個有仇必報的人，一旦心無掛懷，他就準備騰出手來「整肅」自己旗下的「反骨仔」了。有一天，阿昌把小開單獨叫到辦公室，很嚴肅地說：「最近風聲很緊，看來我是得暫時退隱了，我想，舞廳最重要的就是經營舞客，所以場子以後應該是交給你打理比較合適。這個禮拜天，我決定辦一場大的，當眾宣佈這件事，你們努力賣票，唱一齣好戲歡送大哥。」小開簡直不敢相信自己的耳朵，長江後浪推前浪，這個位子終於輪到他了，這光榮的一刻，他怎能不廣邀諸親好友來分享呢？他一領命立刻轉身走出辦公室，大聲吩咐自己的兄弟奮勇衝業績。

一直到禮拜六晚上，小開他們一共賣出六百多張票，進帳十二、三萬，照規矩得把這筆錢全數交給阿昌，由阿昌結清場租兩萬之後，舞會結束自家兄弟再拆帳。看著小開必恭必敬雙手奉上鈔票時，阿昌簡直忍不住要狂笑出來。禮拜天下午，兩萬的場租阿昌如數付給了Gorgan的老闆，並跟他說明了條子老是上門找麻煩這檔事情，是小開他們搞出來的，雙方進而達成了默契。

當天晚上，Gorgan鐵門深鎖、一片黑暗，一點也沒有盛大舞會的跡象。幾百個買了預售票的舞客被鎖在門外，禁不住幹聲連連。而當興高采烈卻毫不知情的小開一票人到達現場時，立刻被幾百個人圍了起來，一些比較衝動又不甘心當冤大頭的舞客當場把這些半調子海K了一頓。光是海K一頓還不足以懲罰他們，阿昌「放場」的舉動等於明著宣佈已經把小開這些人開革出門，原本習慣大樹遮蔽的他們早就囂張慣了，當然也得罪了不少人，這時候新仇加上舊恨，各方人馬紛紛找上門把他們當肉砧打，眞不知道他們是怎麼活到高中畢業的。

至於Tiger呢？雖然他也是阿昌懷疑的對象之一，不過苦於查無實證，所以無法像對付自己小弟那樣地對付他。不過，阿昌當然還是有辦法整他的，那就是──輿論。道上也是有輿論的，阿昌到處放風聲說Tiger是個會擺皮條的「二牌」，在輿論持續發酵下，剛好那時候條子又在大力掃毒，不少兄弟上銷，結果Tiger不明不白地路路受阻、滿地踩狗屎（說不定他自己心裡也明白），成了道上人人吐口水的對象。幾年後，阿昌還有聽人談起Tiger，根本沒人承認他是兄弟，只說他根本是個道上騙吃騙喝的「花貨」。在小開他們被扁得黏在Gorgan鐵門上的那一夜，阿昌關了手機，帶著另一票小弟在酒店喝酒，而酒帳，等於是用小開他們的「皮肉錢」結的。在包廂裡，阿昌對北投的小弟們說：「我不玩了！」在衆人愕然的目光中，他舉起酒杯一飲而盡，繼續說：「我擺明了是被條子盯上了，想玩也玩不下去了。不過，大哥雖然沒有捧一堆金蛋給你們，也留了一隻會生蛋的母雞，我跟Gorgan的老闆談好了，以後場子交給你們搞，至於搞得起來搞不起來就看你們自己了。」

拿著剩下的幾萬塊，阿昌快快樂樂地過完了暑假，準備迎接回歸平淡的大三。這整整一年來，他彷彿作了一場大起大落的夢，結局還算圓滿，最重要的，他了解到一件事，黑社會其實是一個以利益在維繫的邪惡事業組合，想要混得成功，不能單靠一個一勇之夫，或是個人的智慧和領導才能，而是要黑白兩道相輔相成，自己在白道方面的力量太過薄弱了，才會面對皮條就要矮一截，看來眞的是要努力唸完大學，自想辦法培養互爲奧援的白道夥伴。

黑語錄

背骨——台語，意指腦後生反骨、不念忠義的人。

走鋼索的人

二牌——台語，向警察通風報信叫「二點」，專幹這種事的人叫二牌。

花貨——意指專門偷矇拐騙毫無實力的人，所謂「花貨吃凱子，兄弟吃花貨」。

跟國民黨「搞」在一起了

阿昌變了，他不再以拳頭思考，條理分明的思考邏輯徹底地改變了這個一勇之夫……

眼看著三年級已經過了一半了，此時阿昌的心情已經完全調適回原來的普通的大學生。同一層分租雅房的房客來來去去，阿昌卻從來沒想過搬離這個住起來根本一點也不舒適的小房間，一方面他懶得搬家，另一方面……他怕彩琴回來找不到他。也因此，阿昌逐漸地成爲這一層分了十二間雅房的學生宿舍裡資深的房客，除了二房東阿基之外，他算是最老資格了，而他跟唸政治研究所的阿基也成了無話不談的好朋友。

今年是阿基研究所的最後一年了，由於課業輕鬆，他順便也兼任了國民黨某立委的國會助理，在文化大學裡的知青黨部裡面更是活躍的重要人員。有一天，阿基跑到阿昌的房間串門子，看到阿昌一副無所事事的人渣模樣，忍不住提議說：「阿昌，既然你那麼閒，乾脆來我們黨部幫幫忙好了，順便也提早累積一些社會人脈，培養一些黨政關係也好。」這一方面的歷練，正好是阿昌最欠缺的，他偏著頭想一想，聳聳肩就點頭答應了。

就這樣，阿昌在黨部裡面扮演起類似青年義工的角色，這一類的工作除了便當和實報實銷的車馬費以外，根本是義務性質沒有收入的，但阿昌還是甘之如飴，因爲他就跟黨部裡面同爲學生的青年男女一樣，把自己的時間和精力當成籌碼，在這個地方賭一項個人投資，盡可能換取晉身之階。有時候是配合黨籍民代的競選工作，有時候負責接待黨務官員的巡視，在這樣的環境裡，阿昌學會了如何跟官方機構折衝樽俎，也熟悉了真實社會中另一個層次的社交技巧。除了這些技巧和公文方面的鍛鍊，在其他方面阿昌也不忘充實自己，他在阿基的建議下，選修了政治系的課程「國際關係」，阿基說：「將來一定會有用的。」

地方上的民代，有許多本身也是黑社會草莽出身，由於背景相似，面對和這種人的交際時，阿昌顯得特別地得心應手，也很容易就和這種人打成一片，這樣的表現讓黨部誤以為他是處理公關事務的老手，相對地也對他更形器重。阿昌變了，他不再以拳頭思考，條理分明的思考邏輯徹底地改變了這個一勇之夫，他知道，自己在未來就算不從政，也不怕在這方面找不到朋友了。

在立法院加入青幫

一個在中國近三百年歷史中，佔著極重要地位的一個跨地域、大規模的江湖幫會，嚴密的組織深深地嵌進了中國的黨、政、軍、特各個領域。

光陰荏苒，在父親頷首的肯定、母親歡喜的淚水中，阿昌戴著方帽子、披著學士袍，高舉著畢業證書筒拍下了畢業照，即將踏出社會的他，終於是個肩膀上扛著責任的男人了。

一般男孩子畢業後，首先面臨的就是浪費生命、虛擲光陰的兩年義務兵役，但是阿昌並沒有這個顧慮，他早在大三就已經國民兵退伍了。原來，幾年前大哥阿銓去當兵時，很倒楣地抽到了海軍陸戰隊，讓老媽整整兩年操碎了心，爲了不想同樣的事再擔心一次，老媽硬是四處找關係給阿昌弄了張醫生證明，總算在體檢證明上蓋了「

丙等」，本來還要當六個禮拜國民兵的，但是扣掉高中三年、大一、大二的軍訓課時數，一升上大三阿昌就收到退伍令了，連想參加預官考試都資格不符。

不用當兵，那就得找工作了，這對阿昌來說眞的是個苦差事，再怎麼說，自己也曾經是個叱吒風雲的老大，現在卻要低聲下氣地去參加面試，讓人家秤斤秤兩，這口氣怎麼嚥得下？年輕氣盛的他，往往面試過程稍不如意就露出不滿、不屑的表情，結果當然是四處碰壁。

不得已，找上了一些黨部老同學幫忙引薦，總算介紹他到某黨籍立委的辦公室應徵國會助理。面試的時候，有著歐洲博士學位的立委老闆看到阿昌的履歷自傳上註明修過政治系的「國際關係」，連稱不錯，又看到人高馬大的阿昌一副筋骨結實、爆發力十足的模樣，更是感到滿意。阿昌這個人的個性就是「你敬我一尺，我敬你一丈」，人家既然誇他不錯，他直覺地也覺得對方更不錯。就這樣，賓主相談甚歡，阿昌順利錄取，當起了又像隨扈、又像傳令的國會助理。

走鋼索的人

在同一間辦公室當中，有一位跟隨委員極久的資深助理李大哥，他的學歷不高，但做人很夠意思，草莽性也極重，擔任著貼身保鑣的任務，每當委員參加一些室外的造勢場合時，都是由他安排、部署相關安全措施。因此，在工作上李大哥和阿昌過從極深，而在個性上，由於兩個人都很「兄弟」，又是辦公室裡唯一可以分享檳榔的難兄難弟，因此培養兩人深厚的「革命情感」。

有一天，阿昌看到李大哥謹慎地整理儀容，而且表情極其嚴肅，跟他平常屌兒郎當的模樣簡直判若兩人，似乎是要出去迎接什麼重要人士，阿昌忍不住問他，只聽他壓低了聲音帶著既興奮又緊張的語氣說：「我老爺子來立法院了，我得去見他。」老爺子？什麼老爺子可以讓他這麼緊張，面對委員的時候他都不會這樣，難道是他老爸？不是早過世了嗎？

等到李大哥回來，按捺不住好奇心的阿昌忍不住向他問個端倪，他倒是慨然相告：「老實跟你講，我是安清子弟，也就是一般人講的『青幫』，『老爺子』就是我們對師父的尊稱，我老爺子是第二十三代『悟』字輩的蕭老太爺，在黨國之中有著崇高的地位，不但許多政府高官不惜折節下交，甚至立法院裡面許多委員像潘維剛、丁守中、民進黨的周慧瑛，都是他的門生，就連咱們老闆幕後的金主，也是我的同門師姐，你看我在老闆面前的份量就知道了。至於其他像軍界、警界、地方民代等等，或者是全省各地本省掛、外省掛的大哥級人物，無不以拜在老爺子門下為榮。」

青幫？這麼一個神秘的名詞，不是只會出現在歷史小說裡嗎？當初阿基也曾拿了一本「青幫秘辛」要阿昌好好看一看（他的理由還是「將來會有用的」），因此阿昌對青幫也有著初步的認識，那是一個在中國近三百年歷史中，佔著極重要地位的一個跨地域、大規模的江湖幫會，嚴密的組織深深地嵌進了中國的黨、政、軍、特各個領域，甚至全世界各地重要的港口、碼頭都有著青幫的徒眾盤據著。據說青幫不但在中華民國海軍當中有著舉足輕重的地位，甚至一些規模龐大的國際性海運集團，也不得不延攬一些安清子弟作為管理、交際人才。

從心底裡感到豔羨和敬佩的阿昌，禁不住央求李大哥是否可以收他為門生，哪知道李大哥居然一口回絕，他說：「我們是自家兄弟，怎麼可能要你做我的門生？你想進家門？沒問題，包在大哥身上，我負責把你引荐給老爺子，至於他收不收你這張門生帖，就要看你個人的造化了。」由於李大哥本身是老爺子極為器重的一個徒弟，所以在他的美言之下，老爺子只見了阿昌一面，二話不說就答應收他為徒。

可是，就在進香堂拜師的前一刻，老爺子看了阿昌門生帖上所塡的年紀，不禁大吃一驚，為難了起來：「阿昌，怎麼你年紀這麼小？我的徒弟裡面年紀大的也有五、六十歲了，有的人兒子或徒弟年紀都還比你大，幾年前我就曾定下規矩，不收三十歲以下的門生了，你才二十來歲，收了你，我會被其他徒弟們埋怨的。」此時，衆師兄弟中一位資歷極深、衆望所歸的王師兄看到阿昌眞的是意誠心堅，忍不住站出來替他說情：「師父，既然阿昌都來到香堂門前，也算是一種緣分，您又何妨破例一次呢？」其他諸位來趕香堂的師兄、師姐見到王師兄這麼說，也紛紛地為阿昌說項。

在衆人的幫忙之下，阿昌總算有幸踏入香堂完成拜師的儀式，成爲蕭老爺子門下第九百七十一個門徒、全台灣三十多萬安清子弟的成員之一、中國三百餘年幫會史中的一份子。

拜師之後，蕭老爺子大略地跟阿昌講述了青幫的源流歷史：「我們安清家門，最講究的就是輩分，分爲前二十四代、後二十四代、續二十四代，前二十四代的字輩分別是『清靜道德、文成佛法、仁倫智慧、本來自性、圓明興禮、大通悟學』，師父是第二十三代悟字輩的，而你有幸搭上了前二十四代的末班車學字輩。青幫當年成立的宗旨跟洪門一樣都是爲了反清復明，實際上我們正確的名稱應該是『安慶道友會』，最初在前三代金、羅、陸三祖以及第四代翁、錢、潘三位祖師爺的艱辛草創、努力經營之下，共有一百二十八個半碼頭，主要以船運漕糧爲掩護，所以也有人稱我們『船幫』、『糧幫』或『漕幫』。後來經過一些江湖上的仇殺火拚，再加上輪船興起、漕運沒落，所謂『糧船不行運，雀杆不點頭』，逐漸減少到只剩下六個分支，分別是『

江淮四、興武四、興武六、嘉白、杭三、嘉海衛』。而我們就是隸屬於目前人數最多、規模最大的興武六，『興武』二字指的是宜興到武進，是昔日漕船運糧的路線分布名稱，全盛時期是興武一到興武九，目前只剩下興武四和興武六了。」

由於阿昌年紀輕、記性好，所以老爺子很希望他能夠專心學習家門規矩，期待完整地流傳下去。爲此，老爺子特地講了一個本身的小故事以鼓勵阿昌：「我年輕的時候，要學家門規矩可不容易，得先把自己的師父伺候得舒舒服服的。有一次，我特地準備一桌豐盛的酒菜請師父吃，想順便討教家門規矩，等師父酒足飯飽時，我卻不知道該如何請教起，師父看看我，曼聲吟了一句詩『船到江心立大桅』，然後就閉口不言了，等到第二次我請他吃飯時，他又送我第二句『八方風雨把帆吹』，直到第三次他慷慨地送我兩句『師父今在你不問，師父過舫你問誰』時，我才恍然大悟。其實他的意思是說，徒弟跟師父討教家門規矩是天經地義的，犯不著不好意思，而且師父已經年紀大了，又處在風雨飄搖的時代裡，現在不好好把規矩學清楚，等師父過舫（過世）了你要問誰，規矩沒學好，就禁不起其他碼頭的兄弟盤問，所謂『安清不分遠和近，一祖流傳到如今』，家門的事兒樣樣不懂，人家就不承認你是同一個祖宗傳下來的，得不到支援，就寸步難行，也就別想混了。」因此，阿昌非常用心地學習家門規矩，大自手勢、切口，小至碗筷怎麼擺、菸酒怎麼敬，都學了個全。不但悉心指導家門規矩，師父更讓阿昌在香堂中擔任重要職司「右護法」，師徒之間培養了深厚的情誼，老爺子動不動就親切地叫他「兒子ㄟ」。

尤其重要的是，老爺子從來不吝惜於釋放自己的人脈關係給阿昌，同門師兄弟中，有各幫各派的老大，有各級的民意代表，還有軍、警、政府、情治的高層人員，甚至是對岸的重要人士，他們都因爲師父的關係以及同門的義氣而對阿昌禮遇三分，這對年紀輕輕但胸懷大志的阿昌來說，簡直就像是千載難逢的良機，幫助他發展並建

走鋼索的人

構完善的橫向人脈網絡。「我終於不再是一個人單打獨鬥了！」阿昌這樣告訴自己。

因此，在往後的日子裡，阿昌從來不諱言自己一生中有三個佔有極關鍵地位的轉捩點，第一是考上大學，第二就是加入青幫，而第三，就是當上了記者。

白天是記者，下班變流氓

白天努力扮演好記者角色是不夠的，晚上的阿昌還得換上另一副面貌，在燈紅酒綠、暗藏兇機的另一個社會勇往直前。

在立法院歷練了一段時間之後，阿昌捫心自問，自己既沒有從政的本錢也沒有從政的慾望，似乎已經沒有必要在這個圈圈繼續逗留下去，他決定轉換跑道。跟李大哥討論過後，阿昌向立委老闆提出辭意，而老闆也仁至義盡地爲他寫了一封介紹信，引荐他到某家通訊雜誌社任職。

就這樣，身分一再轉換的阿昌這次頂上了記者「無冕王」的光環，這個經歷在阿昌「廣交天下好漢，厚植個人實力」的過程裡，是有著無比助益的。道上有言：「流氓怕賊頭，賊頭怕記者」，別著腦袋出來混的流氓天不怕、地不怕，怕的就是有牌抓人、有照帶槍的條子，但是條子可也不能爲所欲爲、吃乾抹盡，因爲他們的一舉一動還是受到社會輿論的監督，而輿論的製造者，就是「一筆天下無難事」的記者。因此，在道上混跡的兄弟們，只要條件許可，都會想要結交幾個「筆比刀利，照片比子彈兇」的記者朋友，更高級的，就乾脆自己「養」幾個記者，專責在必要的時機放自己屬意的風聲，甚至是堂而皇之地進警局如入無人之地，跟賊頭大喊「芭樂拳」。

尤其難得的是，阿昌本身是混兄弟出身的，和黑社會打交道可謂熟門熟路，不像一般的記者剛出道時未脫書卷氣，不但和現實社會扞格不入，貿然打探黑道消息還常常惹禍上身。白天，阿昌是個正正常常的記者，跑記者會、採訪、打探時事消息，樣樣按部就班，過著有些平凡、又有些好玩的生活，如果長此以往，也許他眞的可以這樣安安定定地歷練成一個資深媒體人，在新聞界佔有一席之地。不過，記者生涯對阿昌來說只是一個手段、一個過程，甚至是一個踏板，他更遠大的夢想還是聚焦在可以化不可能爲可能的黑社會，以青幫的行話來說，黑社會就是行俠仗義的「俠林」，而流氓就是所謂的俠林子弟，有別於以練武、教武爲生的「武林」或是嘯聚山林、打家劫舍的「綠林」。所謂「講江湖義氣，使俠林威風」，是多少年輕人夢寐以求的境界，而那種「喊水會結凍」的霸道威風，就是阿昌爲自己的未來所勾勒出的壯闊遠景。有完整的相關資歷，又有著身分上三級跳的優勢，阿昌有利的條件是一般人的雙倍，但這不代表他就可以「以逸代勞」，反而是督促他要比別人更加倍付出，以求得在最短時間內獲得十倍，甚至是百倍的豐碩成果。正因爲如此，白天努力扮演好記者角色是不夠的，晚上的阿昌還得換上另一副面貌，在燈紅酒綠、暗藏兇機的另一個社會勇往直前，一個人過兩個人的生命雖然辛苦，但是也讓阿昌快速成長、贏取更多別人碰不到的機緣。

在偶然的機會中，阿昌結識了一個江湖上的奇人——竹聯幫的「船長」。船長姓林，是和連長、站長一字並肩的竹聯三個「長」。船長本來眞的是有著國際執照的船長，但是有一次受到台灣當政者的重託，駕船前往香港營救兩個重要人物，冒死衝過

走鋼索的人

香港水警的層層封鎖，在槍林彈雨中成功帶回營救目標。這兩個重要人物就是馬惜珍、馬惜如兩兄弟，不但是香港東方日報的創辦人，更是潮州幫當中炙手可熱的天王級人物。在港片裡面，他們就是由鄭則仕、呂良偉分飾的香港地下司令「大馬哥、小馬哥」，是足以和四大探長、跛豪等人相頡頏的黑幫老大。那一次的營救行動，確實是一項賭了命的瘋狂舉動，雖然讓船長因此丟掉了執照，但卻讓他在道上聲名大噪。捨了一張船長執照而贏捨了一張船長執照而贏得水漲船高的江湖地位，確實値得，這種事換成阿昌也願意放手一搏，事實上，他不也正是賭著自己的記者證在尋求地位的提升嗎？

多次酒酣耳熱的閒聊，船長得知阿昌以前也曾經拜在竹籬笆門下，往後也有意繼續在道上發展，一半是爲了「人不親幫親」的感覺，一半也爲了加意結納這個記者小老弟，他慷慨地對阿昌說：「阿昌，既然大家是同公司的，相處又這麼投緣，我比你大著一截年紀，不嫌棄的話就叫一聲大哥，往後大家就是自己人了。」此時的船長，是在一段時間的沉寂後重新復出江湖，大展拳腳之際急需招兵買馬，像阿昌這樣文武兼資的人才，當然渴望收攏旗下。而以阿昌的角度來看，同樣是跟大哥，船長的資歷和地位都是當年的姚哥難以望其項背的，有了船長這一句承諾，不就等於在短短的五、六年之間，他已經攀升到了過往可望而不可及的地位？

黑語錄

芭樂拳——意指用幾近無賴的方式談判或討價還價。

有什麼比「錢莊」更好賺？

很多高利貸受害者不是因為錢莊明刀明槍逼迫而還錢，而是被自己的恐懼壓迫而崩潰，乖乖地雙手奉上鈔票！

一個人要扮演兩種身分、過兩個人的生活，不但體力、腦力消耗大，金錢的開銷當然也不小，光靠一份記者的死薪水哪夠應付？因此，在有了一定的江湖地位之後，阿昌的腦筋又動到了另闢財源上面。做任何的事業，首要的就是考量自己的條件，是否適合在選定的道路上做有效率的衝刺。回老本行辦場賣舞票嗎？不行，那是小孩子的玩意兒，而且賺頭不大又必須投入太多時間關照，不值得，根本不適合擔任記者的阿昌作為事業的第二動脈。再走販毒的路嗎？那太離譜了，老爺子親口訂下的家門規矩，安清子弟絕對不允許碰觸毒品及任何相關事業，而且風險太大了，又會敗壞自己的江湖地位，吃力不討好。

原本跟阿昌八竿子打不著關係的「錢莊」這條路，卻因爲他有個在銀行上班的哥哥而變得可行度大幅提升。阿昌的哥哥阿銓此時在某家中小企銀位於小鎮的分行任職，負責放款的業務。長期從事銀行放款的阿銓告訴阿昌，許多上班族或是中小企業負責人，常常爲了軋三點半急得像熱鍋上的螞蟻一樣，偏偏銀行放款的作業繁複，門檻又高，使得這些人常常因爲銀行放款的緩不濟急而必須先找地下錢莊應急，這時候利息方面就任由錢莊予取予求了，多付一些（其實不只一些）利息錢跟跳票信用破產、公司倒閉兩相權衡，任誰碰到了都只有無奈地選擇前者的。

從事高利貸的行業唯一的風險就是碰到壞帳，但是這一點銀行任職的阿銓就可以做第一層的把關，透過銀行的連線徵信，一開始就可以把不合格的客戶剔除，反正錢在我手上，要不要放給你是老子的自由，缺錢的人多的是，客戶不差一個兩個。至於其他的風險，什麼重利罪啦、暴力集團啦！這些法律其實都是寫出來騙騙一般善良老百姓的，客戶在借錢簽本票、借據的時候，填寫的金額早已經內含高額利息，法律是看白紙黑字的，眞的鬧到法庭的時候，法官也只能相信「證據」。

至於暴力集團這檔子事兒呢？只要不是一票人闖到人家家裡殺人放火，事實上，就算「被害者」報警，地方管區來了也只會說：「這是私人債務糾紛，警方無從介入，請雙方心平氣和好好談，不要鬧事影響左鄰右舍的安寧，謝謝合作。」最現實的一點就是，警察不可能隨叫隨到，錢莊的人馬卻可以時不時來搞你一下，半夜三更往你家潑油漆、潑大便，鬼理你呀？就算睡眼惺忪的警察眞的被你叫來了，鬧事的人早已經揚長而去，惡質一點的警察可能還會揶揄被害者：「誰叫你要欠人家錢？」

經過老哥的分析，阿昌不禁怦然心動，老哥的專業加上自己的「社會關係」，再加上自己一臉「流氓百分百」的嚇人模樣，就算嘻皮笑臉人家也覺得殺氣騰騰——很多高利貸受害者，不是因爲錢莊逼迫而還錢，而是被自己的恐懼壓迫而崩潰，乖乖地雙手奉上鈔票。在天時、人和兩相配合的情況下，錢莊確實是一條可行的路。

就這樣，阿銓和阿昌兩兄弟東挪西湊硬是湊出了二十來萬，就從小額放款搞起來了。在阿昌上班的雜誌社附近有著三、四家私立高中、高職，由於「勤於經營地方關係」（這就又佔到了「地利」的優勢），裡面有些老師阿昌也熟識，知道學校裡有很多老師閒來無事喜歡搓麻將消遣，打得還不小，常常有人領薪水當天晚上就把一個月的家庭開支輸光光了（眞是師道淪喪），等到老婆伸手要菜錢、會錢的時候才急得跳腳，而這些杏壇害群之馬，就成了阿昌初試身手的練習對象。這種捧鐵飯碗的客戶是最軟的了，扣了你的身分證、教師證，看你敢不敢拖欠？還皮？再皮就把你親筆簽的借據、本票貼在貴校的公佈欄，爲了萬把塊的利息，砸了鐵飯碗，値得嗎？

錢莊眞的是暴利，雖然在「黑道營利排行榜」上，它始終排在賣槍、販毒的後面，但也遠遠超過開酒店、應召站、賣盜版、收保護費這些了，而且，如果把風險比率列入考慮的話，那它無疑是千古不變的暴利冠軍。假設有人要借五萬，只能實拿四萬，十天到期照樣還足五萬，還不起？那麼煩請繳足一萬的利息，下期再見。嫌貴？

不借拉倒，別家只有更貴，而且越接近三點半來借，利息就越貴。報警？借據上明明寫清楚你跟我借五萬，那我跟你討五萬有什麼不對，虧我那麼夠意思一毛利息都沒算你的，你還去謊報警察？

許多捧著鐵飯碗的老師因此跌入了惡性循環的陷阱，他們一旦借上了，靠薪水只還得起利息，想要本利清償？只有靠繼續賭博碰運氣或標會子，才能拿到一整筆錢來還。還清了，難道就戒賭嗎？要不要繳會錢？缺了錢還是得再上門的，可憐嗎？遠比阿昌冷靜的阿銓，只淡淡地對他說了一句：「可憐之人必有可恨之處。」二十來萬的本錢，靠著川流不息的客戶，一個月就可以賺進十來萬的利息，兄弟倆對分就等於薪水加倍了。

口袋裡有了錢，求「利」的目標算是達到了，已經厭倦了當小弟的阿昌又開始打算求「名」了，曾經熄滅的「大哥夢」如今又再度復燃，而且燒得更旺、更熾烈，昇華成了「堂主夢」。

加入四海幫，被挖角的感覺眞好

得到名聲和地位，又能自由自在地賺自己的錢，不必含辛茹苦地「養育」兩百多個小弟，這種做法太完美了！

如果阿昌還是一個初出茅廬、視舔血爲當然的火爆小子，那麼他眞的很適合一直跟在船長的身邊，總有一天成爲道上人人聞名喪膽的狠腳色，因爲，船長雖然江湖地位高、幫派資歷深，但因爲脾氣火爆、氣焰高張，實際上得罪的人也不少，因此跟在他身邊的人可能就動不動得有打仗的準備。

然而，即將跨過二十五歲大關的阿昌可不想這樣，論拳頭，他自知已經遠不如十八、九歲的小夥子硬，而且經過安清的家門規矩所薰陶以及老爺子的諄諄教誨，他也逐漸明瞭了，絕大多數的利益分配，其實在談判桌上解決遠比在街頭喋血要省時、省事多了，所謂「談笑間，強虜灰飛煙滅」，這才是眞正的大哥風範，也正是阿昌滿心追求的終極目標。事實上，爲了營造自己「準大哥」的氣勢，他甚至放棄了原來花了二十幾萬改的重型嬉皮車，寧願考駕照換了一部喜美的房車，「哪有大哥騎機車的？」他想。

更現實的一點是，跟家門的關係日趨熟絡、緊密，阿昌也逐漸地認識了許多跟船長同等級數的大哥輩人物，他們都是早期老爺子還有在插手江湖事務時，所收的徒弟，諸如：竹聯幫的金鵝、柳丁，他們和船長一樣都是竹聯幫的「太歲輩」人物（所謂的太歲，就是竹聯還不是個幫，而是「竹林聯盟」的時代即加入的人物，那時還沒有堂口之分，所以他們也是不屬於任何堂口的元老，地位就像是「倚天屠龍記」裡面明教的五散人），三光的龍哥，士林的「燕將」，松聯的郭老大（聽說他是創幫元老「牛奶」的妹婿），台中精武的角頭老大「阿K吉」，其他連桃竹苗、雲嘉南一帶地方上的大哥也多的是老爺子的門生，平常他們在自己的地盤都是聲名顯赫、跺跺腳會地震的大人物，但是只要老爺子有所指令，無不戮力以赴。最重要的，這些老大跟阿昌之間並沒有所謂大哥、小弟的統屬關係，而是彼此平起平坐、效忠於同一個師父的師兄弟。

由於阿昌是年齡不足硬擠入家門的，所以他就是衆位師兄姊眼中「永遠的小師弟」，而面對這些「老」師兄（他們有的連兒子都比阿昌大好幾歲），阿昌使出耍賴、撒嬌的功夫都能夠予取予求。阿昌首先就向金鵝提出了自己想混個「堂主」當當的想法，經過軟磨硬求，看在老爺子和家門義氣的份上，他一口答應了。論輩分，金鵝是竹聯鵝字輩「金、銀、銅、鐵、紅、黑、花」裡面第一把交椅，和鴨字輩的旱鴨子陳啓禮是一字並肩的地位，當時他又正在和天道盟新竹敏德會的代會長「金鍊仔」合夥搞一門靈骨塔的大生意，正當春風得意。他在答應了阿昌之後，立刻就動起腦筋看看該找幫裡的誰想辦法。想著想著，他想到了一個人選。

黑社會也是有當紅人物的，那個時候竹聯幫在台灣最紅的大概就是地堂的老堂主李宗奎，人人尊稱「奎把子」，為人重情重義且天性至孝，他為了奔母喪不惜回台慨然就捕，為黑社會的情義史添上一筆。而宗奎的親弟弟就是天蠍堂的堂主李宗罡，屬於敢拚敢鬥的闖將型人物。金鵝直覺地認為像宗罡這樣的人物跟阿昌應該會很「合得來」，他們兄弟目前在公司裡面又是一言九鼎的人物，要達成阿昌的願望應該不難。於是，由金鵝出面，在桃園邀了宗罡一起吃飯。

席間，幾杯酒下肚之後，金鵝開門見山地指著阿昌對宗罡引介：「這個小老弟阿昌，進咱們公司也不少日子了，跟我又是拜同一個老爺子的師兄弟，宗罡你得幫我多照顧照顧。」從外表看起來，宗罡其實給人滿斯文、有點像公教人員的感覺，跟傳聞中的凶狠幾乎聯不起來，他很客氣地和阿昌寒暄、握手，當他得知阿昌另有一個記者身分時，更是另眼相看，直說要好好認識認識。酒足飯飽之後，正當大家風花雪月地閒聊之際，金鵝藉機直接切入主題：「小老弟呀，想出頭，想自己出來插旗子當堂主，我老了，幫不上什麼忙，宗罡你給想個辦法怎樣？成不成我都先謝了。」

宗罡倒也爽快，他說：「這沒什麼問題啦，我跟我老哥說說。這樣吧，阿昌，你先當我天蠍的分堂主，過一陣子看搞得不錯的話，再自己成立個堂吧！」聽起來，宗罡似乎對於太快地破格提拔一個非嫡系人馬，還是有些疑慮的。「啊！只是分堂主啊？」阿昌心中感到很失望，分堂主感覺起來當然是比護旗什麼的顯赫多了，但終究也只是一個「高級幹部」罷了。其實，阿昌要的並不是那種帶上兩、三百個小弟的威風滋味，他想要的反而是一種類似「榮譽堂主」的名義，一種跟各堂主平起平坐的江湖地位，能夠獨樹一幟，一言九鼎。分堂主這個提議，因爲阿昌本身的不甚積極，最後也是不了了之。「難道眞的沒有一步登天嗎？」阿昌苦惱著，當初國父　孫中山先生在檀香山加入洪門的致公堂，不就是一步登天抬過龍門的「紅棍」嗎？究竟他是怎麼辦到的？

有一天，家門聚會的時候，一個江湖奇人來訪。在老爺子有數的幾個同輩師兄弟當中，有一位脾氣古怪的金老爺子，他的身分特殊，不但在港台兩地演藝圈的人脈豐厚，而且年輕時曾是情治中人，許多江湖上的大哥級人物還是小毛頭的時候，就被他管教、照顧長大，這些人即使現在已經是手握重權的大哥，依舊敬之如父、畏之如虎。說他脾氣古怪，是他有些爲老不尊，同輩的人叫他「金哥」是理所當然，一些十來歲的小鬼跟著喊他「金哥」他也不以爲忤，霹靂火爆的大聲公性格又夾雜著三分老頑童周伯通的感覺，如果有人尊稱他一聲「金老」，他還會一瞪眼反問：「我很老嗎？」金爺生平不收門徒，他嫌開香堂麻煩，如果眞的要收，恐怕聲勢絕不在老爺子之下。

不知道爲什麼，阿昌和金老爺子特別地投緣，兩個人就像是兄弟一樣常常互開玩笑，雖然因爲家門輩分的關係，在師父面前阿昌總是尊稱他「金爺」或「老爺子」，但私底下也是跟道上兄弟一樣喊他「金哥」，有時候他還會開玩笑說：「喔？你這沒大沒小的臭小子，我要跟你師父告狀，說阿昌居然叫我『大哥』啊？」過沒多久，金爺就開始爲阿昌想當堂主的事奔走了。

某天晚上，南京東路上的一家海鮮餐廳，整個樓面的席位都被四海幫包下來了。包廂裡面，坐在首席的是金爺，在主位相陪的是四海幫的中常委丘哥，席間除了阿昌之外，還有海風堂的堂主米粉、海賢堂的堂主賢哥，丘哥的軍師、出身竹聯戰隊的四川和他的左右手小雷，以及丘哥手下的重要幹部鴨子。而外面每一桌坐著的，就是包廂裡大哥們帶來的小弟，場面之隆重可見一斑。

本來，根據四海的規矩，升任堂主至少需要三個中常委首肯，五個以上的堂主在場認證，但是丘哥這個中常委的身分不同，他不但是四海的教父大寶哥親手提拔的武鬥派方面大將，掌握著最精銳的部隊，更由於搞營造的關係身價行情大漲，同公司裡面至少有兩、三個中常委是靠他吃穿的，所以他一個人的話，就等於是好幾個中常委和堂主的「民意」，誰當堂主，幾乎他說「是了」，就「是了」。

只聽丘哥對金爺一拍胸脯：「金哥，阿昌升堂主的事情包在我身上，沒問題！」

這時四川就回頭笑著對阿昌說：「好啦，搞定啦，以後要改口喊丘哥『老大』

啦！」

依約來到丘哥位於南京東路五段的營造公司樓下，阿昌發現一樓是一家理容院，門口還蹲坐著兩、三個少年仔，當他靠近時那些少年仔還一臉警覺地問：「哪裡的？」阿昌隨便回了一句：「我樓上的。」這些小鬼立刻換了一副誠惶誠恐的表情：「請、請……」阿昌不經意地四處望望，發現附近還有好幾家擺明了做黑的理容院，門口的少年仔全都盯著自己看，敢情這些小鬼就是丘哥公司的外圍警戒部隊。

在辦公室裡，丘哥首先跟阿昌說：「你的堂口名稱已經幫你想好了，因爲你是金哥引見的，就叫海金堂吧！」海金堂？不錯，滿響亮的，金錢如海潮般湧進來，幹！好兆頭！本來阿昌是希望自己的堂口叫「海昌堂」的，但是那聽起來太像「海蟑螂」了，算了，還是別把這麼好笑的名字提出來爲妙。

接著，丘哥又問：「阿昌，那你身邊有多少小弟？」

「呃……大概十幾個吧！」天知道，其實一個都沒有，阿昌心想，如果眞的要「

閱兵」，了不起把一些要好的同事和老哥阿銓叫來唱齣戲吧。

皺著眉頭，丘哥開始沉吟：「這樣不夠呀！成立一個堂口，至少要有兩百個的人馬呀！沒關係，不夠的幫裡面會分配給你。」

「分配兩百個小弟給我？」阿昌嘴裡的檳榔汁差一點噴出來：「老大，那我怎麼養得起？」挖靠！老子又不是要選里長，要這麼多小弟幹什麼？

「你急什麼？」丘哥說：「養不起幫裡面自然會指派地盤或場子給你。什麼是堂主？堂主就是扛把子，怎麼扛？就是要有能力扛起一堂兄弟的生計。」

講到這裡，阿昌又開始打退堂鼓了，他心想：「場子？老子又不是沒看過場子，吃力不討好的苦差事，哪比得上獨來獨往、快快樂樂地靠錢莊賺錢？」他想了想，小心翼翼地對丘哥說：「老大，我才剛入幫，幫裡面的事兒還談不上熟悉，還是先讓我跟你學一陣子再說成立堂口的事吧。」他總算知道，當一個堂主就像是一個擁兵自重的軍閥，威風的代價就是你要替上面的人養著一支「常備軍」，上面的人分配地盤給你，你就得學會「糧餉就地自籌」。雖然老是功虧一簣，但最後阿昌還是成功地當上了堂主，而且而且離他自己所規劃的「榮譽堂主」的目標相差不遠。

自從海鮮餐廳那一頓飯之後，阿昌跟海賢堂的堂主賢哥逐漸地有了聯絡，他跟阿昌一樣都是安清廿四的弟子，雖然拜不同的老爺子，但大家都是同一個祖師爺流傳下來的，當然不分遠近，關係非比尋常。又高又胖的賢哥屬於那種莽張飛型的人物，他能夠混到今天的地位完全是靠斗大的拳頭「打」出來的，打仗不落人後，但在一些動頭腦、想計謀的事情上，就不算是很靈光了。因此，當他碰上阿昌這種有邏輯、有智慧但又不會太「文」的人才，當然就亟思網羅旗下囉！

彼此熟悉了以後，賢哥這麼對阿昌說：「昌ㄟ，老實說，像你這種有膽有識、能文能武的人才，本來就是船長、宗罡和丘哥他們最需要的，尤其你媒體關係又夠，誰不搶著要？但是你想要不擔責任又當堂主，那是不可能的，哪有不帶兵的將軍呢？這樣吧，我跟丘哥說一聲，你來當我的副堂主吧，彼此平起平坐，道上的人對你的尊重其實也跟堂主差不了多少。你平常照樣當你的記者、搞你的放帳，只要有事的時候幫我動動腦筋、出出主意就好了。」沒錯，這就是阿昌想要的，基本上，副堂主就等於是「準堂主」，江湖上的兄弟同樣尊重。得到名聲和地位，又能自由自在地賺自己的錢，不必含辛茹苦地「養育」兩百多個小弟，這種做法太完美了！

就這樣，阿昌接受了賢哥的「挖角」，走馬上任海賢堂的副座了。

過沒多久，更完美的事情發生了……

由於四海幫勒索東帝士的案子爆了，賢哥接到幫中的指令，領了八十萬的安家費慷慨赴義——蹲苦窯去了。臨走時，把堂主的位子交給了阿昌：「我不在的時候，兄弟們交給你了，絕大多數的人你可以遣散不管，但是有十幾個復興美工的可以留著，他們很夠苦水又有一技之長，不會是太大的負擔。總之，別讓海賢的旗子散了。」

走鋼索的人

幾經思量，阿昌也認為，做錢莊的生意，十幾個小弟還是必要的，於是表面上和阿銓花少少的錢開了一家傳播公司，沒事的時候就讓這些小鬼接一些展覽啦、表演什麼的Case，有事的時候就調他們打頭陣，嗯，想不到一切是那樣地美好！

窮在鬧市無人問，富在深山有遠親

阿昌的心臟越練越強，開始做起中小企業、公司行號的生意，從三、五十萬到一、兩百萬，他越來越沉著，越來越得心應手，也逐漸了解到，自己終於是個獨當一面的「老江湖」了。

有了地位有了人馬，阿昌開始思考這個「記者」的頭銜是否還有保留下去的必要，錢莊那麼好賺，乾脆擴大來搞，當成主業來做好了。當了三、四年的記者，阿昌自信已經把媒體方面的人脈打通了，之前他甚至和其他八個意氣相投的記者同事結拜組織了「九友會」（因爲都很愛喝酒，所以又稱「酒友會」），這些哥兒們如今有的各自跳到各大媒體繼續深耕人脈，有的成功當選民代，也有到立法院當辦公室主任的。有了安清家門的奧援加上和媒體朋友的互通聲氣，他自思白道方面的關係已經可保無虞。

「該是撕下白天的假面具，專心做流氓的時候了！」阿昌毅然地辭去了記者的職務，專心在錢莊的事業上打拚了。想要把錢莊擴大來搞，首先面臨的就是資金的問題，原本錢莊就是一門累積資金最快速的生意，它可以用滾雪球的速度在最短的時間內把資金做幾何倍數的成長，不過最重要的，是要守得住——也就是一開始你得有「耐窮」的本事。絕大多數的江湖人物，在剛開始從事放高利貸嘗到甜頭的時候，總是把所得花用殆盡，反正錢來得容易嘛，這樣的結果就是「竹籃打水一場空」，累積不了資金，一旦遇到壞帳倒光光，從此就一蹶不振。

出身「普通」家庭的阿銓和阿昌兩兄弟，爲了擴大自己的事業，倒是很能抵抗誘惑。阿銓還好，他的責任是徵信和調度資金，所以繼續留在銀行，至少還有一份薪水養著他；阿昌就不同了，傳播公司那邊的收潤有限，而且那是用來繼續維持海賢堂的，整天在外頭收帳、放帳的他，不但要養自己、養車子，時不時還得接濟一下小弟、應酬一下哥兒們，沒了記者那份薪水，他整整過了將近一年捉襟見肘的窮日子。

阿昌永遠記得，有一次他竟然窮到身上連一毛錢也沒有，肚子餓，又沒煙，還想買檳榔，只好在自己車上東翻翻、西找找，硬是在椅子夾縫裡找出了比金元寶還寶貴的二十八塊零錢。二十八塊能幹什麼？檳榔就不用想了，那……總可以買個7-11的御飯糰吧？不行，吃「飽」飯沒煙抽多麼痛苦呀！在便利商店門口苦思良久，阿昌終於下定決心買了一包白長壽，一路呑雲吐霧趁著車還有油趕快回家吧！

在這一段青黃不接的時期，阿昌很偶然地認識了阿玲，那是一個跟老同事們相約唱歌喝酒的場合，朋友的朋友之類，你介紹、他介紹認識的。初次見面，阿昌就覺得自己跟阿玲似乎有一種特殊的緣分牽引著，阿玲無論是談吐、見識都讓阿昌有一種「深得我心」的感覺。從來不曾主動追求女孩子的阿昌，這次像是忽然開竅似的，直覺地認爲不該讓這個機緣白白地溜走。他以笨拙但充滿熱誠的方式展開追求，他不懂得送花（花要錢買耶，浪費！），不懂得搞浪漫（浪漫不也都是錢堆出來的，還是浪費！），對於當時早上上班、晚上上夜校的阿玲，他只懂得開著車靜靜地守候，兩個人在夜空下兜兜風，互相分享心事或生活中的點滴。

也許，一種耐心加上誠意，才是促成一段眞感情最完美的催化劑。

當兩個人正式成爲男女朋友之後，阿玲很傳統的性格成了阿昌精神上最佳的支柱，她的陪在身邊，讓阿昌有了一種努力衝刺、放眼看未來的原動力，其實，再強大的男人還是必須一個女人默默地支持，生命才會完整。尤其可貴的是，阿玲自己的父親也是黑社會人物，從小耳濡目染的她非常了解混兄弟的人「三更窮、五更富」的生活習性，有時候阿昌實在手頭不方便，她還會從自己微薄的薪水中拿出一些資助阿昌，以維持阿昌身爲一個大哥的尊嚴和面子。說起來，隨著阿昌日後越來越壯大，事實也證明了阿玲確實是那種「胳膊上能跑馬，拳頭上能立人」的角色，天生是個當大嫂的料子。

當你只有十萬的時候，要賺一百萬眞的滿困難的，但是當你千辛萬苦、節衣縮食終於累積了一百萬的資金時，要賺第二個、第三個一百萬那就容易多了。從三、五萬小額放款給上班族的零星生意做起，阿昌的心臟越練越強，開始做起中小企業、公司行號的生意，從三、五十萬到一、兩百萬，他越來越沉著，越來越得心應手，也逐漸了解到，自己終於是個獨當一面的「老江湖」了。

由於自己從事的是敏感的生意，所以阿昌對外不稱本名，總是自稱「姓安」，因爲他是安清子弟嘛。在一次談判的場合中，竹聯月堂的堂主林仲聽說阿昌姓安，半開玩笑地說：「安？安公子呀？」沒想到，這麼傳出去之後，「公子」這個綽號就跟上了阿昌，身邊的小弟尊稱他「公子哥」，平輩論交的喊他一聲「公子昌」，除了熟稔到一定程度的鐵哥兒們，再也沒人敢直呼其名「阿昌」或「昌ㄟ」。剛巧當時竹聯幫也崛起了一個狠角色「太子」，年紀跟阿昌差一歲，於是，「竹聯的太子，四海的公子」這種說法不脛而走。

不到一年的時間，阿昌兄弟倆居然累積了上千萬的資金，終於到了收成的時候了

（這時候還不收成豈不就成了守財奴？賺錢就沒意義了）。阿銓首先賣掉自己的小雷諾換了一部賓士的房車，過了一個月，阿昌跟著也賣掉小喜美換了一部BMW。剛換新車的時候，阿昌第一件事就是開著新車載著阿玲痛痛快快出遠門玩了一趟，他覺得自己的女人跟著他苦了這麼一大段日子，是很該好好補償、犒賞一番的。

就在阿昌剛換新車才過一個多月，阿銓又開始覺得賓士的房車開起來不夠過癮，拿著那個月收來的利息錢，他又牽了一部號稱全台北市改得最屌的賓士跑車SL500（光音響的部分就改了將近七十萬，其他空力套件、輪胎輪圈等等花了一百多萬）。看到老哥那麼揮霍，阿昌當然也不甘示弱，他也想在房車之外再添購一步跑車，而且要是一部高質感、夠炫耀的跑車。

在演員邵昕開的車行當中，阿昌相中了一部鮮紅色、充滿戰鬥氣息的保時捷993，一問之下，要價兩百多萬，而且硬梆梆的一毛也不給殺。「兩百多萬是吧？好！給我一個禮拜！」丟下十萬的訂金，阿昌揚長而去。

一個禮拜之後，順利地把「小紅」買到手。那一天牽了車開回家時，阿昌在汐五高架道上硬是把時速催到兩百八，車窗外的世界彷彿成了靜止，掌握著方向盤的阿昌覺得自己好像在一道跨越時空的隧道裡漫遊，他不禁異想天開地想到：「如果我在這一刻車毀人亡，那我這一生是否算是劃下了一個完美的句點？」

那一年，阿昌還只有二十六、七歲，他一步一步朝事業的巔峰邁進，他跟老哥展開了瘋狂的「換車競賽」，一部車開個幾個月，覺得不新鮮了，就把它換掉，保時捷改款了，就換一部最新的。除了自己玩車，阿昌也沒虧待身邊的小弟們，當時休旅車開始風行，他就買了一部CR-V當傳播公司的公務車，說是公務車，其實還不是給小鬼們載馬子、耍威風用的。兄弟兩個看看手邊的車那麼多部了，索性在民族東路盤了一家汽車保養廠，專門照顧自己的車，順便把那邊當成錢莊的辦公室，方便有人還不起錢時抓車子來抵債。

除了買好車在速度上找刺激，跟其他江湖人物一樣，阿昌也免不了想在女人的

走鋼索的人

身上找新鮮、找刺激。不過，一般的酒店小姐或是檳榔西施實在太容易到手了，不好玩！想要找尋眞正刺激和快感的阿昌，反而喜歡把腦筋動到一些「良家婦女」的身上，包括華航的空姐、幼稚園的老師、還在唸書的女大學生甚至是廣告模特兒，都曾經是阿昌成功攫獲的獵物，尤其是一些女孩子特別愛說自己是多麼多麼愛自己的男朋友，只要被阿昌知道了，總是要想方設法橫刀奪愛，搶過來再甩掉，然後自吹自擂是「奪愛剪刀手」。相較於阿昌大玩「劈腿族」的幼稚遊戲，阿玲就顯得成熟多了，阿昌的荒唐生活，她不可能完全不知情，但她選擇睜一隻眼閉一隻眼，只要默默地守候，這個男人總會迷途知返的。

阿銓和阿昌兩個兄弟算是發財了，他們自覺以某一種角度來看，也算是光宗耀祖了，「達成前人未有之功業！」阿銓老愛把這句話掛在嘴邊。有了錢、有了勢，身邊的親戚和朋友突然間「暴增」，有想要借錢調頭寸的、有想要來遊說投資生意的，也有惹了麻煩想請銓哥、昌哥出面開個金口的，簡直讓兄弟兩個不勝其擾。有一天，在來來飯店咖啡廳剛剛替某個遠親解決了事情，喝一口咖啡，阿昌忍不住嘆口氣對阿銓說：「唉……這眞的是『窮在鬧市無人問，富在深山有遠親』啊！」

大哥？到底哪裡比較大？

「所謂的大哥，其實就是一個大碗公，運氣來的時候，他會拚命往自己的碗裡面裝東西，裝錢、裝女人、裝小弟 反正能裝、想裝的都裝啦！而且逢人就把碗面朝著別人炫燿，讓大家看看裡面裝了什麼東西……」

做錢莊也有好一段時間了，這一段時間裡的阿昌，不但是道上兄弟口中帶著敬意和妒意的「公子昌」，行情上也是出入鮮衣怒馬，夜夜倚紅偎翠，身邊隨時有小弟伺候香菸和檳榔，就算是「打仗」，也只要動一動自己尊貴的食指，自然有不怕死、急於求表現的「少年仔」奮勇爭先。偶爾，當阿昌心血來潮的時候，也會親自擔任「開砲」的角色，賞給對方臉頰上一個熱辣辣的大鍋貼，「啪」的一聲其實滿爽的——雖然打人家的巴掌自己也會痛，不過打人的跟挨打的心理感受可是截然不同的咧！

看到老大親自開砲，懂事而有默契的小弟們也知道，老大賞給對方這個巴掌的用意就是——以那個掌印爲目標，給我往那裡死命的打！簡單地說，就是把對方「卯成豬頭」的指令，因爲一般來說，道上的兄弟打人是有一些不成文規矩的，通常不太毆打別人的頭臉，總希望留給對方一點面子，所謂「做人留一線，日後好相見」。但是如果刻意要把對方轟成「豬頭三」，那就不僅僅是要帶給對方皮肉之痛，而是一種要從心理上徹底擊潰對方自尊心及斬斷他退路的做法，最好還能留下疤痕——從今爾後，只要你一照鏡子，你就會隨時後悔爲什麼惹上老子我，只要任何人看到你這張臉，就會知道跟老子我作對就是這個永遠抬不起頭的下場。

通常這種不給對方留餘地的做法，都是用在欠債的人身上，不管是拖欠利息嘰嘰歪歪的，還是那種其實已經被吸取壓榨殆盡卻還欠著一屁股債的可憐蟲，都得小心自己的臉變成替「XX融資公司」、「XX汽車借款」或是「XX當鋪」、「XX哥」宣傳的活看板。所以，奉勸諸君，如果有人滿臉是傷地來跟你借錢，你可得當心，借給他的錢多半是肉包子打狗「有去無回」——都拿去塡錢莊的無底洞了。當然，如果是善心大發純粹做慈悲的話，那就另當別論了。

話說回來，混到今天這樣的「境界」——名義上，阿昌已經是四海幫海賢堂的堂主了，實力上，身邊隨時可以號召三十幾個敢衝、敢打、敢坐牢的小弟，這三十幾條隨時可以端上江湖賭桌豪賭一番的人命，可都是用硬梆梆、亮晶晶的新台幣給捆起來的咧！在這三十幾個少年郎的心裡面，只認得阿昌一個大哥，跟幫裡面什麼大哥、什麼把子甚至是幫主，一點關係也沒有，這三十幾個人——甚至是三十幾把刀，完全是我陳瑞昌一個人的「親衛隊」，連他們的爹娘也叫不動他們。不像其他有些堂主，動不動就自傲地號稱手下有「歃血爲盟」的兩、三百個小弟，事實上，養的盡是一些酒囊飯袋，做堂主的不懂得好好照顧、號令小弟，有一頓沒一頓的小弟也是離心離德，恐怕連選舉的時候叫他們投票給誰都未必聽話。哼！我公子昌的小弟可是「歃錢爲盟」的，少爺口袋裡多的是大把鈔票，出門不是雙B就是保時捷，這麼鮮明的標竿，這麼「良好」的黑道表率，哪個小弟對我的交代敢不戮力以赴，誰不希望死命效忠成爲我身邊的「紅衛兵」？

「既然這樣，我幹嘛還要把『公司』看在眼裡？」日漸狂妄的阿昌禁不住心裡常常這樣想，老子一不靠那些老頭兒們賺錢，二不打著「公司」旗子收小弟，那我還屌你們這些「老而不」幹什麼？

從那個時候起，阿昌就決定有計畫地跟「公司」漸行漸遠，一方面他覺得自己已經沒有必要再聽從任何人的號令，另一方面也可以阻絕「公司」裡面一些不得意的角色借「要求合作」之名，行「打秋風」之實。其實，一個幫派裡面——尤其是像竹聯、四海這種「廣納天下徒衆」的超大規模幫派，眞正有頭腦、有苦水，敢拚命、懂發展的傑出角色實在是鳳毛麟角，絕大多數都是一些混吃等死的寄生蟲，看到同公司的「兄弟」（拚命或嗆堵的時候，就休想他承認是你兄弟）有發展、有搞頭了，就一定會千方百計跟你套關係用「道義」兩個字吃定你，出了事得罩他，賺了錢要「拜把」……許多原本混得不錯的兄弟其實最後都是被這些附骨之蛆拖垮的。

阿昌心想，反正自己當初也是被「挖角」跳槽過來的，而公司裡面值得尊敬的大寶哥、俠哥以及自己的直屬老大賢哥，死的死、關的關，公司的現況像一盤散沙，何苦傻傻地繼續講什麼「忠義」？恰巧，當時發生了一件事，剛好讓阿昌逮到機會跟那堆自以爲是的「老老大」們決裂。

在泰山，有一家拉鍊工廠，老闆是個瘦瘦小小、不起眼的傢伙，平常大家都以極輕蔑的口吻叫他「小陳」，根本無視他好歹也是一家工廠的老闆。說到這個小陳，在偶爾一次爲了軋票跟阿昌的財務公司調了幾十萬之後，從此就展開了他悲慘的命運。雖然只是開頭借了幾十萬，但是沉重的利息讓小陳始終無法還清這筆債，還不清？那就利上加利囉！結果，小陳慢慢地變成只能拚命賺錢、調錢繳利息，根本還不到本金，而像滾雪球一樣的利息，也逐漸讓他不堪負荷。短短兩年的時間，小陳還了阿昌一千多萬，卻連本帶利還欠阿昌兩百多萬。

當小陳開始繳息不正常的時候，種種逼債的酷刑就降臨到他身上了，先是整家工廠和住家被「掃」了好幾遍，小陳本人每次見面都要被罰跪，手腳都被打斷好幾次，最慘的是還被剃過一次「陰陽頭」（把頭髮的一半理光），老婆小孩怕得根本不敢回家住，只剩他一個人在空蕩蕩的房子裡面對恣意凌虐的兇神惡煞。

身心飽受煎熬的小陳一時之間不知道哪根筋不對，居然天眞地想出「以黑制黑」的蠢方法。他透過泰山在地流氓的指點，知道了阿昌是四海幫的，以爲同樣找到四海幫的人出面就可以讓阿昌放他一馬。小陳找到的是一個綽號叫「阿隆」的「公司職員」，總算這個阿隆還有點兒自知之明，知道憑他自己是壓不過實力派的阿昌，於是請了一些「輩分很高」的四海「中常委」出面。

就這樣，有一天，阿昌接到了阿隆打來的電話，電話中阿隆告訴他，中和壽德新村的「壽德寶」要請他吃飯，順便「橋一橋」小陳的事，地點就約在壽德寶開的餐廳。提起這位「壽德寶」寶哥，據說是跟已經過世的「大寶哥」陳永和齊名的「澤海四寶」之一，論輩分和資歷應該足以和竹聯的「三么」（么么、老么、小么）、「三長」（連長、站長、船長）相頡頏。在大寶哥和俠哥過世後，他就被拱出來扛把子，在中和成爲一方之雄，眞要排起輩分，阿昌還是他小弟的小弟——徒孫輩的。

和自己幫中的大老談判，可說是一場眞正的豪賭，贏了，成功地自立爲王，身價也會水漲船高，反之，如果輸了，不但傳到外面成了一個不入流、拿反帳的叛徒，以後在江湖上也寸步難行了，黑道這個表面上標榜道義的空間，實際上就是這麼現實。

當天，阿昌精心挑選了自己小弟裡面三隻一向表現良好的「鬥雞」，其中兩個身上還各插了一把九〇的「阿啦」，無疑地，這三個人就成了其他小弟眼中的「紅衛兵」，和阿昌共乘一輛剛買沒多久、當公司車用的賓士E320（好笑的是，這輛車還是小陳「捐獻」的）前往壽德新村。

到了中和，阿昌吩咐開車的小弟先順道去找一個平常頗爲投契的兄弟「魔頭」。「魔頭」跟阿昌一樣從事放帳的買賣，不同的是，他是出了名的獨行俠，無幫無派也不帶小弟。在曾經來往過的道上兄弟中，魔頭是阿昌眼中少見極為正點的江湖人，年輕的時候他是以砍殺火拚出了名的超級悍將，以致成名二十多年餘威猶存，無須借助幫派哄抬聲勢，身邊也不帶小弟，最重要的，雖然他比阿昌年長十多歲（禮貌上阿昌也都尊稱一聲「魔哥」），但卻從不以前輩或大哥自居，他老愛掛在嘴上的一句話是：「大家是兄弟，橋一橋平大啦！」此外，他跟阿昌還是青幫之中拜同一個老爺子、燒同一爐香的「親同參」。因此，每當阿昌對一些道上資訊有所請教時，他也會毫無架子地給予「指導」。

對於阿昌要跟那堆「老」大哥談判的事，魔頭有些不著邊際地提供了如下的意見：「所謂的大哥，其實就是一個大碗公，運氣來的時候，他會拚命往自己的碗裡面裝東西，裝錢、裝女人、裝小弟……反正能裝、想裝的都裝啦！而且逢人就把碗面朝著別人炫耀，讓大家看看裡面裝了什麼東西！」魔頭接著說：「當然，大哥們也會怕人家覬覦自己碗裡的東西，所以碗裡也得養幾隻會咬人的蟲提醒人家小手勿動，別伸手亂撈。」

「當運氣過去了，沒能力再往碗裡面裝東西了，做大哥的只好把碗反過來蓋住，一來不希望人家發現裡面的東西所剩無幾，二來也要保住裡面的東西別漏掉。」一打開話匣子，魔頭似乎就不想停下來：「但是，碗裡面會咬人的蟲是會鑽的，鑽著鑽著，就鑽出縫爬走了，那碗裡面的東西也都跟著漏光光了。所以，絕大多數所謂的『大哥』其實就是一個蓋著的空碗，他們最怕的就是有人強行去揭開碗來看看，更怕有人乾脆把碗砸破，讓空空如也的內容公諸於世。」言下之意，魔頭似乎是半暗示、半鼓勵阿昌必要的時候不妨一拚。

到達壽德新村的餐廳時，阿昌已經比約定的時間遲了一個多小時，他眞怕這些老頭兒等到不耐煩、生氣、爆血管然後送醫急救，那可就沒戲唱了。所謂的「餐廳」，其實只是一家賣羊肉爐、火鍋的小舖子，「唉！同樣是寶字輩的，竟然混得這麼差。」映入眼簾的，是大約七、八個「老前輩」，最年輕的都頭髮半白，快五十歲的模樣。只見小小粒的小陳，畏畏縮縮地坐在他們中間，要不是頭上、手上纏繞的繃帶還算顯眼，差一點忽略了他的存在。

首先發話的是個自稱「中常委」姓李的李哥：「聽說你是海賢堂的堂主？海賢堂？！怎麼沒聽說過有這個堂？」

看到他那副老氣橫秋、倚老賣老的屌樣，阿昌不自禁地就心頭有氣，所以不等他講完就硬碰硬地「吐」回去：「你沒聽過是你耳朵不靈，該換一副助聽器了！」只見老李勃然變色，一時之間卻又不知道該怎麼回嘴。

這時候壽德寶趕緊岔開話題，只聽他慢條斯理地說：「關於小陳跟你掛的票眼，據我們了解，你已經收了不少了，人也被你K了好幾次，窯口也被你掃過了，我想，也該放手了。」

「你想？我是吃錢莊飯的，錢會有收夠的時候嗎？要嘛是他連本帶利還清，要嘛是他乾脆喝農藥還是跳樓，要不然我就這樣放手以後還要混嗎？阿你們是越混越回去了？凱子不削三分罪，你們今天倒過來幫凱子呀？」

這時候，老李還想用虛張聲勢那一套，他盡可能顯露出殺氣地說：「年輕人，講話這麼囂張，是會弄成要『打仗』的。」

阿昌跟左手邊的小弟使個眼色，小弟立刻「啪」地一聲把傢伙亮在桌上，阿昌說：「李老……哥，」他故意把「李老」二個字拖長音，聽起來好像是要說「你老母的」，「打仗不是用嘴巴打的，看各位也都太歲好海（年紀很大）了，別說打仗，恐怕打炮都……哼哼！」

傢伙一亮，對方突然間定格了，還是老李硬著頭皮說：「噴子嘛！誰沒見過？」

「我相信你見過噴子，阿有沒有被噴過？」阿昌輕蔑地說。

回神之後，壽德寶說：「這個……小陳啊！已經是山窮水盡了，你逼死他也沒什麼好處，兄弟們既然出來『橋』了，你就放他一條路走，說個他做得到的數目吧！」

示威的目的已經達到了，現在阿昌可以漫天要價了：「我只講一遍，別跟我討價還價。當初他跟我抓了六十萬，這是本金，一毛都不能少，今天要我山長水遠地跑這一趟，就包個二十萬的走路工吧！小陳，你自己講這筆錢要多久？」最後一句話，阿昌直接指著小陳的鼻子問，擺明了已經懶得跟其他人講了。

看到「阿啦」就已經嚇呆的小陳結結巴巴地說：「請……請給……給我一個月……不是，半個月好嗎？」

「好！就等你半個月！」說完阿昌桌子一推，帶著小弟們揚長而去。

半個月後，小陳終於求得自己兄弟姊妹的同意，把苗栗祖傳的一塊農地賣了，準時雙手奉上新台幣八十萬元，看在他說話算話的份上，阿昌也就沒有因為他「以黑制黑」的蠢舉動而「處罰」他了。說實在的，阿昌還滿感謝小陳的，除了長期巨額現金的「奉獻」之外，還提供了他一個名正言順脫離公司控制、自成系統的好理由：「當老大的居然幫凱子不幫自己人，那幹嘛還認這些老大？」不過，據說那票老人家事後居然還有臉跟小陳要了三十萬的「圍事費」，還眞是……所以說，什麼是大哥？大哥到底哪裡比較大？大概就是年紀比較大吧！

黑語錄

親同參——青幫中的同輩兄弟，普通同輩謂之「平香」，親三幫之內謂之「同參」，拜在同師門下謂之「親同參」。

卑鄙的出賣

堂堂中華民國專業訓練的警務人員，居然在麻將桌上玩起「詐賭」的手法，而且還當場被自己的同事「抓包」！

其實，錢莊飯吃了一段時間之後，阿銓和阿昌兩兄弟也不是沒有認眞考慮過，是否該轉投資一些其他事業，畢竟「暴雨不終夕，狂風不終朝」，好賺好吃的生意，是不可能長久的，要不然，混流氓豈不是比王永慶還好賺？看著這對恍若暴發戶般的兄弟，其實也有不少人希望在他們的財力和勢力上打主意，一大堆舌燦蓮花之輩不停地圍繞著他們打轉，為此阿昌他們前前後後投資過古董、木材、電腦甚至建廟等等事業，無奈本身隔行如隔山，合夥的人也不是什麼出色的角色，到頭來前前後後空自賠了上千萬，只得到了一個結論——流氓就是流氓，何必學人家穿西裝打領帶？不過，

走鋼索的人

正當生意做不來，流氓總也有一些事業是「雖然沒那麼好賺但是可以細水長流」的。

阿銓還在銀行上班時，有一段時間調到土城，在那裡他認識了一個在地的兄弟叫李金標，綽號叫「死囝仔標」，不過可能是年紀大了威風不再，不論是條子或兄弟都習慣喊他「俗辣標」，沒什麼特別意義，順口而已。這個阿標知道阿銓和阿昌兩兄弟一文一武可說是道上崛起的新秀，再加上出入名車代步，出手闊綽，身價確實不凡，因此著意結納，一方面藉以壯大自己在土城的聲勢，一方面也希望可以撈些油水。因此，阿標動不動就邀阿昌他們到家裡泡茶聊天。

由於阿標位於青雲路四海工專附近的住家，屬於土城清水派出所的管區，因此那間一樓的小公寓簡直就成了清水所條子們打混躲懶的聯誼所，就連執行巡邏勤務中全副武裝的，幾乎千篇一律地一進他家的門，就解下勤務帶、警槍、無線電坐下泡茶，或是到內室搓麻將，真懷疑清水管區的老百姓是如何靠自己的力量維持治安的。有時候，阿昌坐著泡茶看到滿桌的警槍，忍不住還會調侃阿標：「要是有人突然闖進來，

會不會以爲我們在進行軍火交易？」阿標總是大喇喇地說：「不會啦！這條巷子從頭到尾我都安裝了監視器，坐在這裡泡茶，什麼人踏進這條巷子我都一目了然。」阿昌心想也是，門口從早到晚停了一大排白色的警用機車，鬼才敢貿貿然地闖進來咧！甚至有一次酒酣耳熱之際，阿標還說溜了嘴：「其實連裡面打麻將的地方我都裝了針孔攝影，來打過牌的條子都跑不掉，要真有什麼需要，還怕他們不聽我『指揮』嗎？」

幾次的閒聊之後，阿標得知阿昌兄弟倆有意轉投資一些其他的「兄弟」事業，馬上一拍胸脯說：「兩位老闆，要搞就來土城搞，土城我罩呀！」兄弟倆合計合計，反正一時也沒什麼頭緒，而且也可以順便把錢莊的觸角延伸到土城這塊地盤來，再加上阿標溜鬚拍馬、逢迎諂媚的功夫實在高明，當下就答應拿出一些錢來，在阿標家中搞起了六百的麻將場以及六合彩簽賭站，顧客幾乎清一色就是條子或者他們的家眷，熱情的清水所還贊助了他們的警員簽到簿充當六合彩簽單。

過了一段時間，阿標又神秘兮兮地對阿昌他們說：「老闆！老闆！我有一個姓康的結拜大ㄟ，是調查局的高級人員，你們想不想認識一下？請他喝喝酒嘛！就當是買張門神看門也好呀！」阿昌忍不住心裡冷笑：「調查局？你不知道調查局是我們青幫開的喔？」不過轉念一想，多交個朋友也好，花個幾萬塊上酒店嘛，自己哪一天不喝酒呢？

沒想到，那個老康一見面居然龜毛到無力，只見他鼻孔朝著天說話：「我們這種身分呀，是比較敏感啦，也不太敢隨便交朋友，我個人呢，生活又滿規律的，雖然跟阿標交情不錯，不過他這兒我倒也不常來。」當場弄得阿標只能尷尬地嘿嘿乾笑，倒是阿昌並不示弱：「也是啦，我一些調查局的朋友生活也都很規律，習性上也有一大堆的『美美角角』。」說著故意掏出自己的車鑰匙，上面正掛著一個鑲著調查局徽的鑰匙扣，老康這才「喔」的一聲低下頭來像個人一樣地講話。談話中阿昌還故意提到自己一位吳師兄的名字，他是調查局的老教官，情治單位中桃李滿天下，更是讓老康聽得目瞪口呆。

講到最後，趁著阿昌口渴喝茶的空檔，老康才插得進話：「其實我也不是『歹鬥陣』的人，可是礙於局裡的規定，實在不方便跟大家一起去泡酒店。不過大家既然認識了就是朋友，以後有什麼事互相幫忙嘛！像我老婆是在保險公司上班的，相信兩位一定不介意捧個人情場吧？」靠！這算哪門子「門神」，還沒糊上門板就在討香火了？算了，保險嘛！了不起也是幾萬塊，跟上酒店還不是一樣意思？

既然要保險，當然就要體檢囉，當時是老康的婆子帶著阿昌兄弟倆到「約好」的醫院體檢（有檢跟沒檢一樣），那婆娘長得還滿正點的，就是年紀太大了，讓阿昌沒胃口。「要不然，哼哼！」阿昌心想：「老子就施展『奪愛剪刀手』的功夫，搞到你們夫妻狗咬狗！」

從阿標手裡拿到轉交的投保契約時，阿昌兄弟倆的眼睛簡直差一點兒蹦出來，兩個人一年的保費將近五十萬，從頭到腳除了老二以外幾乎什麼險都保了，大略了解保險公司分紅制度的人都知道，這樣子老康夫婦至少有二、三十萬落袋，「馬的！屁事都沒做就要收這麼一個大紅包呀？而且還是合法的耶！以後他隨時可以過河拆橋不認帳！」二十幾萬，足可以讓另一對阿昌兄弟再起家，甚至道上買條胳膊買條腿也不過就二十萬吧？當下，契約書一推，阿昌兄弟倆直接對阿標說：「麻煩轉告一下，這麼貴的朋友我們交不起。」阿標面帶難色地說：「這樣不好吧？就我所知，老康剛買新房子，擔子滿重的，這筆錢他應該已經有預算了。」阿昌這才恍然大悟，這筆錢老康原本應該是著落在阿標身上，只是被他給「轉嫁」了。心裡這麼想，不過阿昌表面不動聲色：「手頭不便，愛莫能助。」事後老康甚至還惡狠狠地打電話來嗆聲，不過，錢在老子身上，不給就是不給，還強迫人家跟你交朋友喔？兇？越兇就越不鳥你。

對阿標開始有了戒心，阿昌他們對麻將和六合彩的帳務也開始緊迫盯人。所幸，阿標這個人至少還有一些江湖人的「品」，帳面數字上沒什麼作弊，不過，場子和簽賭站搞久了，問題也慢慢出來了。說起來，條子實在是世界上最沒品的動物，不抓賭已經很過分了，還跟小市民一樣做著發財夢，偏偏又賭得拖泥帶水、不乾不淨。就拿六合彩來說吧，都是先簽賭後結帳，簽得又比誰都大，贏了要拿現金，輸了就推說手頭不便、等領薪水吧，更惡質的乾脆說「等下次簽中一起結帳」，久而久之，就習慣性地一直「凹」下去了。打麻將更誇張，有人手氣差一直輸，就嚷著要提高賭注又「插」又「飄」的，輸了錢乾脆跟內場借錢，手氣沒起色欠了一屁股債，沒品的乾脆回派出所躲一陣子，更沒品的照樣大搖大擺來泡茶，還大喇喇地說：「賭債賭桌還」。

原本阿昌兄弟倆對這些事情不算太在意，小小的麻將場子又不算什麼經濟來源，搞得「不尬意」隨時可以喊停，條子欠的就算是公關費吧，但是這可就苦了阿標了，他好不容易跟這兩個財神爺牽上了關係，卻把場面搞得這麼難看，根本無法從中獲利，他自己反而還被條子欠了一大堆，怎麼能不苦惱萬分呢？偏偏在這個時候，場子裡面又發生了一件說大不大、卻很滑稽的事兒，堂堂中華民國專業訓練的警務人員，居然在麻將桌上玩起「詐賭」的手法，而且還當場被自己的同事「抓包」——這是在幹什麼？抓賭演習嗎？

事情的經過是這樣的，有一個叫做阿輝的清水所管區，大概是輸急了，居然玩起了「扣牌換牌」的把戲，這大概是他跟哪個犯人學的吧，但是由於「學藝不精」，居然當場被同桌已經輸得「脫褲爛」的土城分局三組的幹員許仔識破，一把抓住他的手，掉出兩張牌，兩人當場翻臉爭得臉紅脖子粗，差點兒拿槍對幹。雖然當場被勸解開來，但是牌局也不歡而散，據說，那個阿輝後來還因爲這手「空中換牌」的絕技而在清水所裡博得美名「空中輝」。

出了「博歹繳」的事情，場子久久沒人上門，阿昌兄弟倆心想也該適時喊停了，只見阿標哭喪著臉說：「兩位大ㄟ，我一些資金也都投入了場子，這下喊停，他們欠的錢就不會還了，我……我就倒攤了呀！」

「你不是曾經誇口整個清水所都要聽你指揮嗎？」阿昌心裡這麼想，嘴上倒沒有「吐」他，只是淡淡地說：「場子弄到這樣，再搞下去也沒意義了。你前一陣子不是說想要吃下一批大陸鞋子開鞋店嗎？這樣啦，我贊助你十萬開店，至於他們欠你的錢你就只好想辦法慢慢要了。」阿標像遇到救命恩人一樣千恩萬謝，嘴裡直嘟囔著：「我……我不能白拿你們的錢，將來我有錢一定會還，不行不行，我一定要抵押什麼給你們。」阿昌擺擺手說：「自己兄弟講什麼抵押？以後有錢了再還就好了。」

但是阿標還是硬塞了一團報紙過來，打開一看，眞不知道該怎麼形容這一陀金屬製品——那應該是一把「海盜式掌心雷土製左輪手槍」吧，能用不能用看不出來，不過應該沒人敢用（阿昌想起了高中時代被槍指著的那一次），另外還有五發顏色、規格不一的子彈。這是什麼狀況？是滿清末年在搞革命暗殺嗎？還是拍武俠片，五發子彈是用來練彈指神功的，小槍槍是古龍七武器之「霹靂飛天小榔頭」？除了槍身上打了一排史密斯威爾森的英文和阿拉伯數字，實在看不出它是個現代工業產品，這個只具「歷史價值」的破銅爛鐵，花五千塊買都嫌太貴。無奈，在阿標的堅持下阿昌只好苦笑著把它接下（初相識的時候，阿標曾經拿出一顆槍榴彈殼跟一本槍械圖鑑，狂妄地表示書裡面翻得到的他都有門路，現在居然拿出這種貨色抵債，乾脆眞的送一把榔頭還比較實用）。

回到家，阿昌連報紙團都懶得再打開，就直接把它丟在好幾年沒用的書桌上，兩個小時後就忘記這件事了。不到一個禮拜後的某天晚上，阿昌因爲前一夜是聖誕夜狂歡縱飲，第二天直接睡到天黑起床，剛好老媽來看他還準備了晚餐，邊吃飯還邊看著電視，剛好轉到「戰警急先鋒」在演警方破門捉犯人的不人道場面，阿昌還對老媽說：「這些條子最惡質了。」吃完飯，突然電鈴聲大作，打開門一看，居然是熟識的條子「空中輝」，身後還跟著另外一堆便衣條子，阿輝指著阿昌說：「陳瑞昌就是他！」另一個條子出示檢察官開具的搜索令，阿昌心裡暗乎一聲：「完了！」果然過沒多久那一團破銅爛鐵就被「找」到了（根本不用找），一個主管模樣的傢伙立刻大喝：「那還跟你客氣什麼？」就給阿昌上了手銬，跟著問：「你一定還有啦！趕快交出來大家省事！」傻瓜才會交出來，阿昌當然抵死不認。一個姓郭的條子不耐煩地說：「嘴硬？看來要給你運動運動喔？」阿昌銬著的雙手指著牆上掛著以前的記者證說：「要運動我也隨便你啦！不過記者我可是認識不少。」對於阿昌的社會關係，這些鄉下賊頭也是心存忌憚，「運動」什麼的，只不過是虛聲恫嚇，不過他們也真是懶得可以，找到了可以交差的東西，居然就把那張搜索令當廢紙了，完全沒打算再繼續搜索，根本是「秋毫無犯」。

這時候，老媽簡直嚇呆了，她完全無法置信剛剛電視節目裡的情節怎麼就在自己的眼前上演，而主角居然是自己的兒子！看著眼中噙著淚水、慌亂得六神無主的老媽，阿昌雖然滿心愧疚，但還保有些許冷靜的他趕緊從自己腦袋裡的「急救通訊錄」當中挑了一支最好記的號碼告訴老媽：「09XXXXXXXX！記住了沒？09XXXXXXXX！姓黃的，告訴他陳瑞昌出事了，他自然會想辦法的！」就這樣，阿昌戴著手銬像趕鴨子一樣匆匆被押上警車，那天是聖誕節，是阿玲的生日，原本再過不到半個小時他就要出門的……

走鋼索的人

法律是「公平」的

只要你奮發向上努力賺錢，那麼法律就會保護你多一點；反之，如果你不思上進甘於潦倒，那麼法律就是貪官污吏用來欺負你的工具。

由於忌憚阿昌神通廣大的社會人脈，條子不惜鋌而走險，整個逮捕、偵訊的過程都是在非法的方式下進行——越區辦案，但逮捕前卻未知會在地管區、逮捕後不讓家屬知道犯人被帶到哪裡接受偵訊、沒收了手機、偵訊前不讓嫌犯打電話……

坐在偵訊室裡面，曾經跟阿昌同桌打麻將的阿輝被他盯到臉紅，自動奉上香菸跟打火機，趁著偵訊室裡只有他們兩個的空檔，阿昌直接問：「錢可以解決嗎？」阿輝很明顯有些心動，但隨即無奈地搖搖頭：「沒辦法，這次是所裡的主管親自帶隊，他是剛調來的，新官上任三把火，衝業績比較重要。」錢既然沒辦法解決，那這下子擺明了是著草落難，阿昌在呑雲吐霧間陷入了沉思，他必須好好思考待會兒筆錄怎麼做對自己最有利。

慢慢的，阿昌理清了一些脈絡，這件事的發生有兩種可能：一是原本阿標跟阿輝等骯髒條子想設一個局，好從阿昌這裡訛一大筆錢，無奈碰上了這個搶功第一的主管居然要親自帶隊，結果演變到現在這個地步；一是剛好現在碰上即將選總統，擴大掃黑、掃槍，條子因爲缺業績找上了阿標這個土流氓，這個俗辣標因爲被逼急了，只好又使出「乾坤大挪移」把阿昌給點了出來。兩種可能俗辣標都脫不了干係，阿昌不禁暗悔自己枉稱老江湖，居然是個睜眼瞎子，心裡面嘆了一口氣，他想起了師父曾經指點的一句話：「升米恩，斗米仇。」一個人在走投無路的時候，你送他一升白米，他會把你當成救命恩人，但是如果給太多給了一斗，他就要動貪念、開始轉壞腦筋了：「你明明給得起一石，卻那麼小氣只給一斗？你不給？老子自己想辦法拿！」

幫阿昌做筆錄的，是一個姓郭叫阿和的年輕條子，從來沒在阿標那裡碰到過，兩者之間大概沒什麼交情，阿昌心想這倒是可以好好利用，他挑明了告訴條子，槍是從「住在青雲路的李金標」那裡得到的，但在筆錄上卻堅持寫明是「撿到的」，因爲他知道沒有證據，可以證明槍是阿標給的，而且這時候把阿標拖下水只會扯出一些對自己更不利的事情。不過，放出「槍是阿標的」這個風聲，卻可以輕易地造成狗咬狗的局面，眼前這個貪功冒進的傻條子以後一定會不時地去騷擾阿標，以後阿標在土城也別想要有什麼動作了。比較爲人氣結的是，這個可惡的土賊頭指著槍上的英文字和數字，硬栽這是一把制式手槍，不是土造的（抓到制式的可以記小功），算了，由得他吧，愛怎麼寫就怎麼寫，又不是他在鑑定的。

另一方面，老媽替阿昌Call了記者朋友老黃，他是酒友會的結拜兄弟之一，聽到自己兄弟出事了，他當下就跟阿昌的老媽說：「陳媽媽，你別慌，阿昌的事就是我的事，我會盡全力幫忙的。」隨即發動所有相熟的記者同業，把全台北縣市的大小警局、派出所翻了一遍，總是要先知道人被帶到哪裡嘛！但是一陣雞飛狗跳之後，硬是查不到有一個叫做陳瑞昌的人落網（因爲那時阿昌是被秘密帶到土城分局偵訊，連分局高級主管都不知道），他們甚至推測了最不願意見到的可能性——要眞是被警察抓了還好，總是會交保放出來的，就怕是被假扮賊頭的兄弟押到山上埋了，那就成了失蹤人口了。

最後，記者兄弟們使出渾身解數、透過各種管道總算查到阿昌是被帶到土城時，已經是晚上十二點多了，阿昌早就做完筆錄，拍了檔案照、壓了指模，在拘留所裡跟一堆大陸偷渡客比鄰而「拘」了。老黃跟一群記者兄弟趕到的時候，唯一能做的就是一百塊檳榔、兩包香菸，以及又讓阿昌從拘留所裡面出來在辦公室泡茶「面會」。

老黃不好意思地說：「昌ㄟ，歹勢啦！現在才來。」

阿昌冷靜、漫不在乎地說：「沒關係！遇到了嘛！麻煩你們了，我才歹勢咧！」跟著壓低聲音說：「出去跟我老哥聯絡，叫他不要回家、先避一下風頭，最重要的，跟他講無論什麼事我一肩扛了，眞的遇到條子就什麼都說不知道，你們給我保著他，絕對不能讓他也進來了。」

抽了幾根菸，阿昌又被帶回了拘留所，剩下的香菸跟檳榔當然也被條子「中飽私囊」了。

第二天清晨，阿昌被押解到板橋地檢署，在又冷又硬的臨時看守所裡，跟另外一堆同樣等待開庭的犯人度過了無聊、沒菸、肚子餓的一整個上午，好不容易檢察官午餐後願意辦正事兒了，阿昌才在臨時偵查庭之後交保出來。一踏出地檢署，阿昌首先就是聯絡上「跑路」中的阿銓，兩個人詳細地討論了對官司的解決方案。根據「槍炮彈藥刀械管制條例」，持械的狀況可大可小，但是人、槍並獲的狀況下絕對不可能完全沒事。最壞的狀況是，那把鳥槍眞的被硬栽成「舶來品」，那麼就是五年以上的刑期，然後又被治平專案裁定爲暴力集團份子提報管訓，一期最少是三年不列入刑期計算，也就是至少管訓三年之後再乖乖地去北所蹲五年以上，如果眞的那麼慘，那阿昌就決定棄保潛逃、亡命天涯，到大陸另起爐灶了；最好的狀況是，槍是土造的（幹！

本來就是土造的嘛！），那是三年以下徒刑，如果阿昌無不良紀錄又有正當職業（要注意！提報流氓的第一要件就是「無業」），而刑期又確定在兩年以下，那就有緩刑的機會。OK！知道方向就要努力去做囉！

首先，花錢請關係夠好的律師，前前後後換了兩個律師，第一個律師因爲表現不佳差點被阿昌海K一頓（因爲阿昌考量到自己有事在身，那個笨律師才逃過一劫）。接著，透過家門中一位曾經任職高階警官的王師姐，在刑事局鑑識科「講了一些好話」、「疏通了一些人情」。然後，阿昌在某個專搞公益事務的文教基金會老老實實地上了一個禮拜的班，趕在法官開庭前弄到了一張漂亮的在職證明。最後，跟第二個律師沙盤推演辯詞：「本人因爲喜歡收集珍奇古玩（幸好之前做過古董生意，證據充足），撿到該槍時誤以爲是古董，一時見獵心喜而予以收藏，後來深覺不妥原本打算報繳，在與友人商討報繳事宜時走漏消息，才會在報繳前即遭查獲。本人深具悔意，望庭上體念本人並無素行不良且有正當職業，懇請從寬量刑。」

開庭的時候，鑑識科送來的報告「很給面子」，那五顆子彈已經完全無效，不可能擊發（馬的！原來眞的只能用來練彈指神功！），而那把槍確是土製，但是因爲找不到相應的子彈擊發測試，所以也無法檢定是否有殺傷力。這下子，辯護律師可就振振有詞了：「既然無法證實是否有殺傷力，那麼該證物是否爲槍炮彈藥條例管制品就存在著極大的疑問，另外我的當事人並未服過兵役，對軍火毫不熟悉，所以根本不可能私自改造槍枝，而且連專業的槍械鑑識人員都找不到相應的子彈擊發，更何況我的當事人只是一個無前科、正常任職的平民老百姓。當法律出現疑問，一切利益應歸於被告，懇請法官應該宣判我的當事人無罪。」判無罪？當然是不可能的，法官學長也得照顧一下檢察官學弟的「業績」呀，不過宣判結果其實跟無罪也差不多——念被告爲初犯且深具悔意，判刑一年兩個月，緩刑三年。

就這樣，雖然官司前後折騰了將近一年，但是除了拘留所那一晚之外，阿昌居然一天的牢也不用坐，別說棄保潛逃了，保釋金還一毛不少領回來咧！宣判結束的那一天，阿昌廣邀了諸好友辦起了「慶功宴」，一口氣乾了面前一杯濃洌香醇的威士忌，他志得意滿地大聲說：「法律，是公平的！」沒錯！法律是公平的！只要你奮發向上努力賺錢，那麼法律就會保護你多一點；反之，如果你不思上進甘於潦倒，那麼法律就是貪官污吏用來欺負你的工具。所以，怎能不用功唸書、發憤賺錢，努力成爲一個「守法」的好公民呢？！

三年的緩刑期間，阿昌凡事得低調、本分，隨時準備迎接管區來關心、查戶口，稍有行差踏錯就前功盡棄了，所以他倒是不急著報仇，有錢，還怕報不了仇嗎？

相視一笑泯恩仇

原本，他一心期待著緩刑期趕快結束要大肆報仇，重入江湖再造風雲！

看著女兒小小，撲過來趴在自己懷裡撒嬌，粗枝大葉的阿昌也只得小心翼翼地把她抱起來，親暱地逗弄著她。事情過去至今已經五年了，緩刑的期限早已經過去。在緩刑的期間，阿昌和阿玲低調地完成了終身大事，連渡蜜月都沒有出國——出個遠門幾天沒回家，管區都要嘰嘰歪歪了，更何況是出國？除了結婚，阿昌還經過長期在電視台任職的姊姊指點，正式地開了一家傳播公司，透過姊姊以及自己的人脈關係，穩穩當當地接一些Case，做一些舞台、燈光、音響方面的規劃、設置工作。至於老哥阿銓，由於他本身的興趣就是養茶壺、泡茶，在這個兄弟倆動彈不得的尷尬時機，也只得識時務地在小鎮開起了兼賣茶葉、茶具的茶行。至於放帳方面的事務，兄弟倆合計的結果，既然時機這麼敏感，乾脆退到幕後當起了金主的角色，在第一線衝刺廝殺的工作，就交給年輕人去做吧！

在有些平淡的日子裡，生活圈彷彿又拉回了小鎮。這幾年來小鎮變得很多，原來的工業區已經不存在了，事實上日子過了這麼久，小鎮上的人早已經分不清誰是在地人、誰是外來客了，再加上小鎮更郊區的地方興建了大型的工業城，大量的外勞取代了以往北上打拚的南部人，就這樣，在「兵不血刃」的狀況下，原來的工業區這個角頭就這麼煙消雲散了。不過，曾經繁華一時的夜市大街現在也冷清沒落了，小鎮另一邊的郊區由於家樂福、特力屋等大賣場的興建，經濟重心轉移，表面上小鎮居民的生活品質提升了，實際上以前的那個小鎮已經消失了（其實早已經升格爲「市」了）。

以前那些叱吒風雲的人物呢？蘇董現在已經是立法委員了，除非是爲了競選拉票，他鮮少回到這裡。夜市沒落之後，李董開始學人家搞營造、炒地皮，曾經大大地風光了一陣子，但景氣蕩到谷底之後欠了銀行一屁股債，跑到大陸去了。至於闊嘴龍，在營造市道好的那一陣子跟著他叔叔李董風光了起來，買樓買車氣焰囂張，但是有一晚被人莫名其妙從自家門口拿槍押走，至今仍是失蹤人口。南都雄因爲酒色過度中風而半身不遂，不過人還算清醒，可以坐在輪椅上幕後操控一些地方上的黑道事務，但是影響力已經大不如前了，而且他的兒子個個不成材，除了惹麻煩以外完全沒有乃父領導統馭的手腕，沒人有辦法接他的位置，只能在他兩腿又伸直的那一天來臨以前，過一日算一日，尤其是染上毒癮的黑松，進出勒戒所不下十幾次，目前只是個潦倒、混吃等死的人渣。

這些地方上的演變，其實都是阿財告訴阿昌的。阿昌出事的時候，阿財從電視新聞上看到消息，透過各種管道聯絡上了，專程問阿昌「需不需要幫忙」。國中畢業後大約一、兩年，阿財也到了市內發展，加入了松聯幫，甚至還成爲某個賣槍集團的成員，有一陣子他也跟阿昌一樣玩起了「換車競賽」，原來阿昌以前在道上曾聽人提起過心狠手辣的槍手「棺材哥」（專門請人家睡棺材的）就是他。阿財比阿昌還早兩年結婚，據說是「奉子成婚」，當了爸爸以後就金盆洗手，逐漸地脫離了黑道。令人意外的是，回到小鎮以後的阿財，居然跟年少時的死對頭文鴻成了好朋友，兩人合夥在原來夜市的街上合夥開了一家KTV酒店，當起了「生意人」。

阿昌自己何嘗不是這樣？原本，他一心期待著緩刑期趕快結束要大肆報仇，重入江湖再造風雲，甚至女兒出生時他還給她起了一個單名——陳紹（小名就取諧音小小），因爲他覺得自己是個了不起的英雄，希望小小以後能夠克「紹」箕裘。

然而……有一天，當阿昌抱起還不到兩個月的小小，原本一直閉著眼睛的小Baby突然張大雙眼，天眞無邪地衝他笑了笑。那一刻，阿昌若有所悟，一種當了爸爸的溫馨成就襲上了心頭，他終於了解了，開心地也笑了起來，什麼仇恨、什麼雄心壯志，全都抛到九霄雲外，這短短一分鐘的幸福感，他要把它延續到一輩子。曾經滿心期盼再大撈一筆買一部號稱「紅鬃烈馬」的法拉利，但是，老天爺居然在馬年送了他小小這一匹小馬，這也算是一種點化吧！

事實上，倒行逆施的人渣們根本等不到阿昌去報仇，那件事情之後沒多久，清水所的條子，自主管以下就全部因爲聚賭、向賭場收紅包被查獲，全部倒了大楣。看到報紙上的消息後，阿昌只在心裡冷哼一聲：「哼！人不收你天收你！」

突然間，一聲巨響把沉緬於回憶的阿昌給驚醒，原來是小小居然不知道從哪裡翻出了阿昌的小木刀，把一個陶瓷娃娃給敲碎了，阿昌怕她被割傷趕緊抱開了她，心中不禁一陣擔憂。才兩歲多的小小，一點也不像個女孩兒，她敢去逗弄路邊體積比她還龐大的野狗，還會把鄰居的小弟弟打哭（家長因爲她是阿昌的女兒，所以敢怒不敢言！），這下子阿昌眞的擔心，小小將來會跟自己一樣天不怕地不怕了。就是這一下子的擔憂，阿昌忽然想起了自己小時候，明明是生長在一個普通家庭，卻人人知道他是「太郎」的兒子。如今一心營造一個美滿幸福普通家庭的阿昌，難道走的正是父親的老路？他不知道，他依稀只記得老爸以前是個很有辦法、朋友很多的「生意人」，做的什麼生意、過往經歷如何，老爸卻絕少提起。或者，流著相同血液的老爸也曾經是一個「英雄」，一個不希望兒女們克紹箕裘的英雄。

如果能再選一次

一個夠準的老大不是讓你們怕，而是要能夠做到讓你們不用怕！

老實說，從岳父的身上，阿昌也學到了不少。

年輕時，曾經是三重「大明口」角頭老大的寬董，在刀光血影中硬梆梆地打出了江湖地位，不少報紙曾經以「三重之虎」的封號形容他，一清、二清的名單上都少不了他。不過，年紀漸長之後，他卻很懂得善用自己的江湖地位，廣交全省各角頭的朋友，無論是自己南下辦事、遊玩，還是中南部兄弟北上有事拜託，他都能夠做到「閒話一句」，在在說明了一個「全職兄弟」如何「罩」一輩子。最令人佩服的，是他可以自豪地說出：「今天，台灣的道上兄弟，只有欠我恩情的，沒有我阿寬對不起他的。」這樣一個強硬的後台，除了實質地在阿昌的公司業務上多所助益（寬董常笑謂，自己的女兒和孫女都被阿昌挾持了，只好「任人宰割」），阿昌更在他身上學會了如何「韜晦」，如何更完美地善用黑白之間巧妙制衡的關係，如何操控黑白而不爲黑白所箝制。

在一次配合電視台的現場活動中，休息吃便當的時候，一個電視台的年輕小夥子無奈地對阿昌說：「我好羨慕混兄弟的人，運氣來了一賺就是幾百萬、幾千萬，哪像我們上這個月薪才不到三萬的窮班，根本沒有出頭的機會，早知道我也不唸大學，還不如混到道上拚一下。」阿昌聽了笑一笑，搖搖頭有感而發的對他說：「用不著羨慕流氓，其實流氓更羨慕你。」看著他瞪大了眼睛一副不相信的模樣，阿昌解釋：「你知不知道，有多少混兄弟的等了一輩子，始終等不到他的運氣來臨，一生一世就只是個倒酒、點菸、泊車的角色，有時候身上連想翻個三百、三千出來都只能乾瞪眼，你說，當他的孩子伸手要學費時，他想不想找個一個月安安穩穩有三萬塊的工作？」

又有一次，身邊的小弟斟茶時問阿昌：「大ㄟ，怎樣才能當個很『準』的老大？

走鋼索的人

阿昌反問他：「你覺得怎樣算很準？」

小弟茫然：「不……不知道耶！」

阿昌又問他：「那你印象中覺得誰很準的？」

小弟想了想：「除了大乀以外，大概就是我們家附近一個叫『牛角』的人。」

「爲什麼覺得他很準？」阿昌繼續問。

「因爲他走在路上，大家都怕他，根本不敢接近他。」

「幹嘛怕他？他有皮膚病嗎？」阿昌逗趣的問著。

小弟抓抓頭說：「不是啦！因爲他脾氣很壞，看到人就想打。」

阿昌聽了忍不住笑出來：「哈哈哈！那跟拿著刀子在街上亂晃的瘋子有什麼兩樣，那樣的人是精神有問題，那不叫準啦！眞正準的人，不是讓大家怕他，而是讓大家覺得需要他。就像你們這堆小鬼念郎、捅漏子就來找我，那對你們來說我就很準，假如有遠方的兄弟出了事來台北，他會想到找我，而我又能夠按耐妥當，或者我的人出事，我能安排他的出路，那也是準。總之，一個夠準的老大不是讓你們怕，而是要能夠做到讓你們『不用怕』，小子，你還淺的咧！慢慢磨吧！倒完了茶就不用做事啦？今天天氣這麼好，還不去幫大乀洗車？」

其實，從老爸、岳父、老爺子的身教言教之中，阿昌確實學到了不少，甚至在與船長、金爺、丘哥、賢哥以及阿財的相處中，他也體會出不少為人處世的道理，面對年輕後輩的詢問，他根本不會有詞窮、技窮的時候。

只是，有一個自己問自己的問題，阿昌卻怎麼也答不出來——如果能夠重新選擇一次，自己還會再踏上這條腥風血雨的江湖路嗎？每當想到這裡，他都不自禁地想起當年那個淚眼迷濛、多愁善感的愛哭鬼。也許，有一天台灣的教育進步到可以正確對待、指導愛哭鬼了，這個問題就有答案了！

後記

終於把書寫完了，這種心情大概就像是當初鹿橋寫完「未央歌」時的感覺，算是給自己年少時的經歷和見聞做了一個交代——把一塊方糖化成一杯甜水，跟大家分享一二。

渡過三十幾年歲月的我，玩過音樂、混過幫派、當過記者，甚至也在國會殿堂上過班，一直以來活在「貴人不斷、小人常犯」的生活裡，屬於大甜大苦、微辣小酸那一種。現在把自己經歷的、聽聞的用小說的方式亦眞亦假的細數一番，不是爲了挺身說教，更不是爲了揭人長短，只是覺得有些年紀的我，似乎可以用比較另類的方式做一種報導、編一種教材，補一補校園中老夫子講課的不足。

當爸爸越久，越覺得自己肩膀上的擔子很重，心裡實在渴望自己的小孩安安定定、快快活活的長大，不由得想起蘇軾的洗兒詩：「但願我兒愚且魯，無災無難到公

卿」蘇大鬍子跟我當然都不會希望自己的小孩是個大笨蛋，只是希望孩子們不要思慮過深，更不要自作聰明，老想著一步登天，做個勤勤懇懇、腳踏實地的人就夠了。

小時候我很愛哭，我的小孩也很愛哭，她的一舉一動像極了當年的我，看來血液裡面也潛藏著同樣叛逆的因子。現在社會亂象充斥，無疑的孩子將來學壞的機率比我自己要大多了，想起來就眞的是讓做爹的我汗涔涔、心慌慌。

說起來，孩子還眞的是讓我重生的恩人，因爲我完完全全是爲了她才決定當好人的——雖然，我當好人未必能阻止她變壞，但如果我是壞人，也休想把她教好。

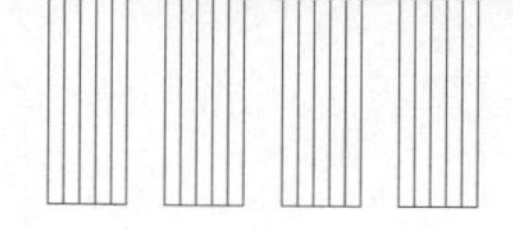

廣　告　回　信
臺灣北區郵政管理局登記證
北 台 字 第 8719 號
免　貼　郵　票

106-□□

台北市新生南路3段88號5樓之6

揚智文化事業股份有限公司　收

□□□-□□

地址：　　市縣　　鄉鎮市區　　路街　段　巷　弄　號　樓

姓名：

書號 L8002　　書名 走鋼索的人

葉子出版股份有限公司

讀・者・回・函

感謝您購買本公司出版的書籍。
爲了更接近讀者的想法，出版您想閱讀的書籍，在此需要勞駕您詳細爲我們填寫回函，您的一份心力，將使我們更加努力！！

1.姓名：________________

2.性別：□男 □女

3.生日／年齡：西元_____年____月____日_____歲

4.教育程度：□高中職以下 □專科及大學 □碩士 □博士以上

5.職業別：□學生 □服務業 □軍警 □公教 □資訊 □傳播 □金融 □貿易 □製造生產 □家管 □其他________________

6.購書方式／地點名稱：□書店_____ □量販店_____ □網路_____ □郵購_____ □書展_____ □其他_____

7.如何得知此出版訊息：□媒體_____ □書訊_____ □書店_____ □其他________________

8.購買原因：□喜歡作者 □對書籍內容感興趣 □生活或工作需要 □其他_______

9.書籍編排：□專業水準 □賞心悅目 □設計普通 □有待加強

10.書籍封面：□非常出色 □平凡普通 □毫不起眼

11.E－mail：________________

12.喜歡哪一類型的書籍：________________

13.月收入：□兩萬到三萬 □三到四萬 □四到五萬 □五萬以上 □十萬以上

14.您認為本書定價：□過高 □適當 □便宜

15.希望本公司出版哪方面的書籍：________________

16.本公司企劃的書籍分類裡，有哪些書系是您感到興趣的？
□忘憂草（身心靈）□愛麗絲（流行時尚）□紫薇（愛情）□三色堇（生活實用）□銀杏（健康）□風信子（旅遊文學）□向日葵（青少年）

17.您的寶貴意見：________________________________

☆填寫完畢後，可直接寄回（免貼郵票）。
我們將不定期寄發新書資訊，並優先通知您
其他優惠活動，再次感謝您！！

根

以讀者爲其根本

莖

用生活來做支撐

引發思考或功用

獲取效益或趣味